Domenico Starnone

AUF IMMER VERBUNDEN

Domenico Starnone

AUF IMMER VERBUNDEN

Roman

Aus dem Italienischen
von Christiane Burkhardt

Deutsche Verlags-Anstalt

TEIL I

ERSTES KAPITEL

1.

Falls du's vergessen haben solltest, mein Lieber, muss ich dich eben daran erinnern: Ich bin deine Frau. Ich weiß, du warst mal froh darüber, aber jetzt stört es dich plötzlich. Ich weiß, du tust so, als gäbe es mich gar nicht, als hätte es mich nie gegeben, weil du dich in den gehobenen Kreisen, in denen du dich jetzt bewegst, nicht blamieren möchtest. Ich weiß, es ist dir peinlich, ein so geordnetes Leben führen, abends zum Essen nach Hause kommen und bei mir schlafen zu müssen statt mit wem du gerade Lust hast. Ich weiß, dass du dich schämst zu sagen: Passt mal auf, ich habe am 11. Oktober 1962 mit zweiundzwanzig geheiratet. Ich habe ihr vor einem Priester das Jawort gegeben, in einer Kirche im Stella-Viertel, und das freiwillig, aus Liebe und nicht weil ich etwas zu vertuschen gehabt hätte. Passt mal auf, ich trage eine gewisse Verantwortung, und wenn ihr nicht versteht, was das heißt, kann ich euch auch nicht helfen. Ich weiß das alles, ich weiß es nur zu gut. Aber ob es dir nun gefällt oder nicht – fest steht, dass ich deine Frau bin und du mein Mann. Dass wir seit zwölf Jahren verheiratet sind – im Oktober werden es genau zwölf Jahre – und zwei Kinder haben, den 1965 geborenen Sandro und die 1969 geborene Anna. Muss ich dir erst die entsprechenden Urkunden zeigen, um dich wieder zur Vernunft zu bringen?

Genug jetzt, entschuldige, ich übertreibe. Ich kenne dich ja und weiß, dass du ein anständiger Kerl bist. Komm doch bitte wieder nach Hause, wenn du diesen Brief gelesen hast. Oder antworte mir wenigstens, wenn dir noch immer nicht danach ist, und erklär mir, was mit dir los ist. Ich werde versuchen, dich zu verstehen, versprochen! Mir ist schon klar, dass du mehr Freiraum brauchst, und das ist auch nachvollziehbar. Deine Kinder und ich werden versuchen, dir so wenig wie möglich zur Last zu fallen. Du musst mir allerdings haarklein erzählen, was da zwischen dir und dieser jungen Frau läuft. Sechs Tage sind vergangen, ohne einen einzigen Brief oder Satz von dir, geschweige denn dass du dich hättest blicken lassen. Sandro fragt nach dir, Anna will sich partout nicht die Haare waschen lassen – angeblich bist du der Einzige, der sie richtig föhnen kann. Es reicht mir nicht, wenn du mir schwörst, dass dich diese Frau oder dieses Mädchen nicht interessiert, dass du sie nicht wiedersehen wirst, dass sie dir nichts bedeutet, dass es sich bloß so ergeben hat, weil du dich seit einiger Zeit in einer Krise befindest. Sag mir, wie alt sie ist und wie sie heißt, ob sie studiert, arbeitet oder nichts tut. Wetten, sie hat dich zuerst geküsst? Du bist doch bekanntlich gar nicht in der Lage, den ersten Schritt zu tun, man muss dich schon schwer unter Druck setzen, bis du dich bewegst. Und jetzt bist du durcheinander, das hab ich dir angesehen, als du mir gesagt hast, dass du bei einer anderen gewesen bist. Willst du wissen, was ich denke? Meiner Meinung nach ist dir noch gar nicht richtig klar, was du mir angetan hast. Weißt du eigentlich, dass ich mich fühle, als hättest du gezerrt und gezerrt und mir bei lebendigem Leib das Herz rausgerissen?

2.

Wenn ich lese, was du so schreibst, könnte man meinen, ich wäre eine Despotin und du das Opfer. Das kann ich unmöglich so stehen lassen. Ich gebe mein Bestes, nehme Unvorstellbares auf mich, und du sollst das Opfer sein? Warum? Weil ich ein bisschen laut geworden bin, weil ich die Wasserkaraffe zertrümmert habe? Du musst zugeben, dass ich gute Gründe dafür hatte. Nachdem du fast einen Monat weg warst, bist du ohne Vorankündigung einfach wieder aufgetaucht. Scheinbar ruhig, fast liebevoll. Gott sei Dank, er ist wieder zur Vernunft gekommen!, hab ich mir gedacht, doch dann hast du auf einmal gesagt, dass dieselbe Person, die dich vor vier Wochen angeblich noch kein bisschen interessiert hat – du hast dich sogar dazu herabgelassen, sie bei ihrem Namen zu nennen, »Lidia« hast du gesagt –, dir inzwischen so wichtig geworden ist, dass du nicht mehr ohne sie leben kannst. Abgesehen von dem Moment, in dem du ihre Existenz vage erwähnt hast, hast du mich einfach vor vollendete Tatsachen gestellt, so als könnte ich darauf nichts anderes sagen als: Gut, dann geh eben zu dieser Lidia, vielen Dank auch, ich werd mich bemühen, dir nicht weiter zur Last zu fallen. Kaum habe ich versucht, etwas zu erwidern, hast du mich auch schon unterbrochen, um irgendwelche Gemeinplätze über die Institution Familie loszuwerden: über die Familie aus historischer und globaler Sicht, über deine Herkunftsfamilie, über unsere Familie. Hätte ich etwa brav den Mund halten sollen? Hast du dir das so vorgestellt? Manchmal bist du wirklich lächerlich, wenn du glaubst, es genügt, große Reden zu schwingen oder mir irgendwelche Geschichten zu erzählen, um die Wogen zu glätten. Aber ich bin deine Spielchen leid. Zum x-ten Mal hast du mir jetzt schon geschildert, wie sehr du als Kind unter der schlechten Ehe deiner Eltern gelitten hast – wenn auch noch nie mit so hochtrabenden Worten. Du hast eine dramatische Metapher benutzt und gesagt, dein Vater habe einen Stacheldrahtzaun um deine Mutter gezogen, hast erzählt, wie sehr du darunter gelitten hast, wenn du wieder mal mit ansehen musstest, wie sich ihr ein Stachel ins Fleisch gebohrt hat. Dann kamst du auf uns zu sprechen. Du hast mir erklärt, dein Vater hätte euch allen dermaßen wehgetan, dass das Gespenst dieses unglücklichen, euch so unglücklich machenden Mannes dich bis heute verfolgt und du Angst hast, Sandra, Anna, aber vor allem mir wehzutun. Wie du siehst, habe ich nichts davon vergessen. Eine Ewigkeit lang hast du salbungsvoll was von Rollen geschwafelt, in die uns unsere Ehe gezwungen hätte, nämlich die von Ehemann, Ehefrau, von Mutter, Vater, Kind, und hast uns – deine Kinder, mich und dich – als Rädchen in einem völlig unsinnigen Getriebe beschrieben, die für immer dazu gezwungen sind, dieselben hirnlosen Bewegungen zu vollführen. So ging es noch eine ganze Weile weiter, und zwischendurch hast du aus dem einen oder anderen Buch zitiert, um mich zum Schweigen zu bringen. Anfangs dachte ich noch, du redest so, weil du

Schlimmes erlebt hast und nicht mehr weißt, wer ich bin, nämlich ein Mensch mit Gefühlen, Gedanken und einer eigenen Meinung und keine Marionette in der Schmierenkomödie, die du da aufführst. Erst später kam mir der Verdacht, dass du mir damit bloß helfen wolltest. Du wolltest mir weismachen, dass du, indem du unser gemeinsames Leben zerstörst, die Kinder und mich in Wahrheit erlöst, und wir dir für diese Großzügigkeit sogar noch dankbar sein müssten. Wie reizend von dir! Und da bist du beleidigt, wenn ich dich vor die Tür setze?

Aldo, ich flehe dich an, komm endlich zur Vernunft! Es wird Zeit, dass wir in Ruhe miteinander reden, ich muss wissen, was in dir vorgeht. Während unserer langjährigen Beziehung bist du immer ein liebevoller Ehemann und Vater gewesen. Du ähnelst deinem Vater kein bisschen, wirklich nicht! Und das mit dem Stacheldraht, den Rädchen im Getriebe und all dem anderen Quatsch ist mir nie aufgefallen. Dafür ist mir sehr wohl aufgefallen, dass sich unsere Beziehung in den letzten Jahren verändert hat, dass du angefangen hast, anderen Frauen hinterherzuschauen. Ich erinnere mich nur zu gut an die Frau vom Campingplatz im vorletzten Sommer: Du lagst im Schatten und hast stundenlang gelesen. Du hättest zu tun, hast du gesagt und dich weder um mich noch um die Kinder gekümmert. Du hast unter den Pinien oder am Strand gearbeitet und dir Notizen gemacht. Aber wenn du aufgeschaut hast, dann nur, um sie anzusehen. Dir blieb der Mund offen stehen, als wärst du verwirrt und würdest versuchen, deine Gedanken zu ordnen.

Damals habe ich mir noch eingeredet, das sei nicht weiter schlimm: Es war eine hübsche junge Frau, und gucken wird man ja wohl noch dürfen – früher oder später riskiert jeder mal einen Blick. Aber ich habe sehr darunter gelitten, vor allem als du plötzlich angeboten hast, den Abwasch zu machen, was du sonst nie tust. Kaum ist sie aufgetaucht, bist du ins Spülhaus gerannt und immer erst wieder zurückgekommen, wenn sie verschwunden ist. Hältst du mich etwa für so blind und gefühllos, dass ich das nicht merke? Reg dich nicht auf!, hab ich mir gesagt. Das hat nichts zu bedeuten. Weil es für mich einfach unvorstellbar war, dass dir eine andere gefällt. Habe ich dir einmal gefallen, werde ich dir immer gefallen, davon war ich aufrichtig überzeugt. Ich war der festen Meinung, dass sich wahre Gefühle nicht ändern – erst recht nicht, wenn man verheiratet ist. Das kommt zwar durchaus vor, aber nur bei oberflächlichen Menschen, und er ist nicht oberflächlich, hab ich mir eingeredet. Außerdem war das eine Zeit des Umbruchs, in der sogar du mit dem Gedanken gespielt hast, alles über den Haufen zu werfen. Vielleicht habe ich mich ja zu sehr vom Haushalt vereinnahmen lassen, von der Verwaltung unseres Einkommens und den Bedürfnissen der Kinder. Heimlich habe ich mich im Spiegel betrachtet. Wie war ich, wer war ich? Die beiden Schwangerschaften haben kaum Spuren hinterlassen, und ich bin eine vorbildliche Ehefrau und Mutter. Aber anscheinend hat es nicht genügt, noch genau dieselbe zu sein wie damals, als wir uns kennengelernt und ineinander verliebt haben. Vielleicht war das ja mein Fehler, und ich musste mich neu erfinden, mehr sein als nur eine gute Ehefrau und vorbildliche Mutter. Ich habe versucht, so zu sein wie die vom Campingplatz, wie die jungen Frauen, die dir in Rom doch bestimmt nachgelaufen sind. Ich habe mich bemüht, in deinem Leben präsenter zu sein – nicht nur zu Hause. Ganz allmählich begann ein neuer Abschnitt, was dir hoffentlich nicht entgangen ist. Oder etwa doch? Es ist dir zwar nicht entgangen, hat aber auch nichts genutzt? Warum? Hab ich mich nicht genug angestrengt? War ich zu halbherzig, hab ich es nicht geschafft, mehr so zu werden wie die anderen, und bin stattdessen die geblieben, die ich schon immer war? Oder hab ich es übertrieben? Bin ich dir zu modern geworden, hat dich meine Verwandlung befremdet und dazu geführt, dass du dich für mich geschämt, mich nicht mehr wiedererkannt hast?

Reden wir darüber, du kannst mich doch nicht einfach so hängen lassen! Ich will mehr über diese Lidia wissen. Hat sie eine eigene Wohnung, schläfst du bei ihr? Hat sie, wonach du dich sehnst und was ich nicht mehr habe oder nie hatte? Du hast dich einfach so davongestohlen, hast es um jeden Preis vermieden, Klartext zu reden. Wo bist du? Die Adresse, die du mir hinterlassen hast, ist eine in Rom genau wie die Telefonnummer, aber wenn ich dir schreibe, kommt nichts zurück, und wenn ich anrufe, geht niemand dran. Was soll ich tun, wenn ich dich erreichen will? Einen deiner Freunde anrufen, an die Uni kommen? Soll ich dir vor deinen Kollegen und Studenten eine Szene machen, damit alle wissen, wie verantwortungslos du bist?

Ich habe Strom- und Gasrechnungen zu zahlen. Ich habe Mietschulden und die beiden Kinder. Komm sofort zurück! Sie haben ein Recht auf Eltern, die sich rund um die Uhr um sie kümmern, auf einen Vater und eine Mutter, mit denen sie morgens frühstücken, die sie zur Schule bringen und anschließend wieder abholen. Sie haben ein Recht auf eine Familie, auf eine Familie mit einer Wohnung, in der alle gemeinsam zu Mittag essen, in der gespielt, Hausaufgaben gemacht, ein bisschen ferngeschaut, danach zu Abend gegessen und dann noch ein bisschen ferngeschaut wird, bis es Zeit ist, zu Bett zu gehen: »Sag deinem Vater Gute Nacht, Sandro, und du auch, Anna. Sagt eurem Vater Gute Nacht, und zwar ohne zu quengeln. Heute Abend wird nicht mehr vorgelesen, es ist schon spät. Wenn ihr noch etwas vorgelesen bekommen wollt, müsst ihr euch schnell die Zähne putzen, dann erzählt euch der Papa noch eine Geschichte. Aber nicht länger als eine Viertelstunde. Anschließend wird geschlafen, sonst schaffen wir es morgen nicht rechtzeitig zur Schule, auch euer Vater muss früh zum Zug, wenn er nicht zu spät in der Arbeit sein und Ärger bekommen will.« Woraufhin die Kinder – weißt du das denn nicht mehr? – ins Bad eilen, sich die Zähne putzen und dann zu dir rennen, damit du ihnen etwas vorliest, und das Abend für Abend, seit sie auf der Welt sind. Und genau so muss es sein, bis sie alt genug sind auszuziehen, bis wir alt geworden sind. Aber vielleicht interessiert es dich nicht mehr, mit mir alt zu werden. Vielleicht interessiert es dich nicht einmal mehr zu sehen, wie deine Kinder groß werden. Ist es so? Sag, ist es so?

Ich habe Angst. Das Haus ist abgelegen, und du weißt ja, was für eine gefährliche Stadt Neapel ist. Nachts höre ich Lärm und Gelächter. Ich kann nicht mehr schlafen, bin am Ende meiner Kräfte. Was, wenn ein Dieb durchs Fenster einsteigt? Was, wenn man uns den Fernseher klaut, den Plattenspieler? Wenn jemand Rache nimmt, der auf dich sauer ist, und uns im Schlaf ermordet? Ist dir eigentlich klar, welche Probleme du mir da aufgehalst hast? Hast du schon vergessen, dass ich nicht arbeite, dass ich nicht weiß, wie ich mich und die Kinder durchbringen soll? Pass auf, dass ich nicht die Geduld verliere, Aldo, denn wenn ich erst mal ausraste, wirst du es bitter bereuen.

3.

Ich habe Lidia getroffen. Sie ist sehr jung, schön und wohlerzogen. Sie hat mir viel aufmerksamer zugehört als du. Und sie hat etwas sehr Richtiges gesagt: »Du musst mit ihm reden, ich hab mit eurer Beziehung nichts zu tun.« Genau so ist es, sie ist eine Außenstehende, und es war ein Fehler, zu ihr zu gehen. Was soll sie mir schon groß sagen? Dass du sie begehrt und erobert hast, dass sie dir gefallen hat und nach wie vor gefällt? Nein, nein, der Einzige, der mir alles erklären kann, bist du. Sie ist neunzehn, was weiß sie schon, was versteht sie schon vom Leben? Du bist vierunddreißig, ein verheirateter Mann und hochgebildet, du hast eine gute Stelle und genießt Anerkennung. Es ist deine Aufgabe, mir eine überzeugende Erklärung zu geben, nicht Lidias. Doch alles, was du in den letzten zwei Monaten zu mir gesagt hast, ist, dass du nicht mehr mit uns zusammenleben kannst. Ach ja? Und warum bitte schön? Du hast mir geschworen, dass du nichts an mir auszusetzen hast. Von den Kindern ganz zu schweigen – es sind schließlich deine Kinder. Sie fühlen sich wohl bei dir, und du hast zugegeben, dass auch du dich mit ihnen wohlfühlst. Also, was ist es dann? Keine Antwort. Du stammelst nur: »Ich weiß nicht, es hat sich eben so ergeben.« Und wenn ich dich frage: »Hast du eine neue Wohnung, neue Bücher, neue Sachen?«, erwiderst du: »Nein, ich hab gar nichts, es geht mir schlecht.«

Und wenn ich dich frage: »Wohnst du bei Lidia, übernachtet ihr zusammen, esst ihr zusammen?«, weichst du mir aus und brummst: »Quatsch, nein, wir sehen uns halt, mehr nicht.« Ich warne dich, Aldo, hör auf mich so zu behandeln, ich halt das nicht mehr aus! Jedes Gespräch mit dir kommt mir so verlogen vor. Oder, schlimmer noch: Während ich mich zu schmerzhaften Wahrheiten durchringe, lügst du und beweist mir so, dass du mich kein bisschen respektierst, nichts mehr von mir wissen willst.

Ich bekomm es von Tag zu Tag mehr mit der Angst. Ich habe Angst, dass du die Verachtung, die du mir gegenüber empfindest, auf die Kinder, auf unsere Freunde, einfach auf alle ausweitest. Du willst mich isolieren, mich vollkommen ausschließen. Aber vor allem willst du es auf keinen Fall noch mal mit uns versuchen. Das macht mich wahnsinnig. Im Gegensatz zu dir hab ich das dringende Bedürfnis, ganz genau zu erfahren, warum du mich verlassen hast. Wenn du in mir noch einen Menschen siehst und kein Tier, das man mit dem Stock verjagt, schuldest du mir eine Erklärung, und die sollte wirklich überzeugend sein.

4.

Jetzt ist mir alles klar. Du hast beschlossen, dich zu verabschieden, uns unserem Schicksal zu überlassen. Du willst dein eigenes Leben führen, in dem für uns kein Platz ist. Du willst gehen, wohin du willst, treffen, wen du willst, und dich selbst verwirklichen, wie du es willst. Du willst unsere kleine Welt hinter dir lassen und mit deiner neuen Frau in die weite Welt hinausziehen. In deinen Augen sind wir nichts weiter als der Beweis, dass du deine Jugend vergeudet hast. Für dich sind wir wie eine Krankheit, die dich daran gehindert hat, dich weiterzuentwickeln, und das willst du jetzt ohne uns nachholen.

Wenn ich dich richtig verstehe, magst du es nicht, dass ich so oft »wir« sage. Aber so ist es nun mal: Die Kinder und ich, das sind »wir«, und du bist mittlerweile »du«. Indem du uns verlassen hast, hast du unser gemeinsames Leben zerstört, das Bild, das wir von dir hatten, den Menschen, für den wir dich gehalten haben. Du hast das mit Absicht getan, du hast das geplant und uns zur Einsicht gezwungen, dass du nichts als Einbildung warst. Und jetzt stehen wir da, Sandro, Anna und ich, am Rande der Armut, ohne jede Sicherheit und voller Angst. Während du dir mit deiner Geliebten irgendwo ein schönes Leben machst. Mit dem Ergebnis, dass meine Kinder inzwischen nur noch meine sind und nicht mehr deine. Du hast dafür gesorgt, dass ihr Vater für sie und mich nur noch eine Illusion ist.

Trotzdem behauptest du, in Kontakt bleiben zu wollen. Na gut, ich habe nichts dagegen, vorausgesetzt, du sagst uns, wie du das anstellen willst. Möchtest du ihnen ein vollwertiger Vater sein, auch wenn du mich aus deinem Leben verbannt hast? Möchtest du dich um Sandro und Anna kümmern, Zeit mit ihnen allein verbringen? Oder willst du nur ein Schatten sein, der hin und wieder auftaucht, um mich dann wieder mit ihnen allein zu lassen? Frag sie doch selbst, mal gucken, was die Kinder davon halten. Ich kann dir nur sagen, dass du ihnen genommen hast, worauf sie sich früher verlassen haben, und deshalb geht es ihnen sehr schlecht. Für Sandro warst du die wichtigste Bezugsperson, und jetzt ist er völlig orientierungslos. Anna versteht nicht, was sie verbrochen hat, glaubt aber, es sei so schlimm, dass du sie mit Abwesenheit strafst. So ist der Stand der Dinge. Mach, was du willst, ich kümmere mich um sie. Aber erstens werde ich nicht zulassen, dass du meine Beziehung zu ihnen zerstörst, und zweitens auch nicht, dass du ihnen noch mehr wehtust als ohnehin schon – jetzt, wo du dich als völlig unzuverlässiger Vater erwiesen hast.

5.

Ich hoffe, dir ist inzwischen klar, warum das Ende unserer Beziehung auch das Ende deiner Beziehung zu Sandro und Anna bedeutet. Das sagt sich so leicht: Ich bin der Vater und möchte es auch weiterhin sein. Tatsächlich hast du jedoch bewiesen, dass in deinem jetzigen Leben kein Platz für die Kinder ist, dass du sie loswerden willst, wie du mich losgeworden bist. Wann hast du dich eigentlich jemals richtig um sie gekümmert?

Und nun das Neueste, falls es dich überhaupt noch interessiert: Wir sind umgezogen, ich konnte von meinem Geld die Miete nicht mehr zahlen. Wir wohnen bei Gianna, arrangieren uns irgendwie. Die Kinder mussten die Schule wechseln und neue Freunde finden. Anna leidet sehr darunter, dass sie Marisa nicht mehr sieht, du weißt ja, wie sehr sie an ihr gehangen hat. Du hast von Anfang an gewusst, dass es so enden würde, dass du sie in jede Menge Probleme stürzt und sie verletzt, wenn du mich verlässt. Und, hast du auch nur einen Finger gekrümmt, um ihnen das zu ersparen? Nein, du hast nur an dich gedacht.

Du hast Sandro und Anna versprochen, den Sommer mit

ihnen zu verbringen, den ganzen Sommer, und bist eines Sonntags widerwillig gekommen, um sie abzuholen. Sie haben sich gefreut. Und dann? Du hast sie mir nach vier Tagen zurückgebracht und gesagt, dass es dich überfordert, dich um sie zu kümmern, dass du dich dieser Aufgabe nicht gewachsen fühlst, und bist mit Lidia weggefahren. Bis zum Herbst hast du dich nicht mehr blicken lassen, dich nie gefragt, was sie eigentlich in den Ferien machen, wo, mit wem und von welchem Geld. Dir war nur wichtig, was dir in den Kram passt, aber nicht deine Kinder.

Dann die Sonntagsbesuche: Ständig kamst du absichtlich zu spät und bist nur wenige Stunden geblieben. Du bist nie mit ihnen rausgegangen, hast nie mit ihnen gespielt. Du hast ferngeschaut, und sie haben abwartend neben dir gesessen, haben dich dabei keine Sekunde aus den Augen gelassen.

Und an den Feiertagen? An Weihnachten, Silvester, Heilige Drei Könige und Ostern hast du dich gar nicht erst gemeldet. Und als die Kinder ausdrücklich darum gebeten haben, zu dir kommen zu dürfen, hast du immer gesagt, du wüsstest nicht, wohin mit ihnen, als wären es Wildfremde. Anna hat dir eine Zeichnung von ihrem Todestraum geschenkt und dir alles ganz genau erklärt. Du hast nicht mit der Wimper gezuckt, keine Regung gezeigt, sondern dir einfach nur alles angehört und gesagt: »Was für schöne Farben!« Emotional wurdest du erst, wenn du in unseren Gesprächen betonen wolltest, dass du dein eigenes Leben führst, unabhängig von unserem, und dass die Trennung endgültig ist.

Heute weiß ich, dass du Angst hast. Angst, die Kinder könnten deine Entscheidung, uns auszuschließen, ins

Wanken bringen, sich in deine neue Beziehung einmischen und sie zerstören. Deshalb ist es nichts als Geschwätz, wenn du behauptest, dass du den Kindern auch in Zukunft ein Vater sein willst. Die Wirklichkeit sieht anders aus: Indem du mich verstößt, verstößt du auch deine Kinder. Deine Kritik an der Familie, an den damit verbundenen Rollen und der ganze Quatsch ist doch bloß ein Vorwand: Du kämpfst kein bisschen gegen eine erdrückende Institution, die den Menschen auf eine bloße Rolle reduziert. Denn wenn dem so wäre, würdest du merken, dass ich ganz deiner Meinung bin. Dass ich mich ebenfalls befreien und verändern will. Wenn dem so wäre, würdest du nach der Zerschlagung der bürgerlichen Familie innehalten, sobald dir klar ist, in welches emotionale, finanzielle und soziale Chaos du uns da gerade stößt, und würdest unsere Gefühle und Bedürfnisse sofort anerkennen. Du willst Sandro, Anna und mich ganz konkret loswerden. Aus deiner Sicht sind wir nichts als ein Glückshindernis, etwas, das es dir verwehrt, das Leben zu genießen, ein irrationales, lästiges Überbleibsel. Du hast dir von Anfang an gesagt: Ich muss wieder zu mir selbst finden, auch wenn sie das umbringt.

6.

Du führst das Beispiel mit der Treppe an. »Weißt du noch beim Treppensteigen?«, so deine Worte, »da setzen wir einen Fuß vor den anderen, wie wir es als Kinder gelernt haben. Doch die Freude über die ersten Schritte ist längst verflogen. Mit der Zeit haben wir uns immer mehr am Gang unserer Eltern und unserer großen Geschwister orientiert, an denjenigen, denen wir nahestehen. Die Beine gehorchen uns jetzt ganz automatisch. Und die Aufregung und Begeisterung, das Glück darüber, laufen zu können, sind genauso verloren gegangen wie die Einzigartigkeit unseres Gangs. Wir bewegen uns in dem Glauben, dass uns die Beine gehorchen, aber dem ist nicht so. Gemeinsam mit uns nehmen die Stufen noch viele andere, denen wir es gleichtun. Die Selbstverständlichkeit, mit der wir die Beine bewegen, ist nichts als das Ergebnis unserer Angepasstheit. Entweder wir schlagen eine neue Gangart an und finden das Glück des Anfangs wieder«, so dein Credo, »oder aber wir fügen uns dem Alltagstrott.«

Habe ich das richtig zusammengefasst? Darf ich dir endlich sagen, was ich davon halte? Das ist eine ganz dumme Metapher, das kannst du eindeutig besser, aber lassen wir das mal so stehen. Wie immer wolltest du mir im übertragenen Sinn klarmachen, dass wir einmal glücklich gewesen sind, dieses Glück aber irgendwann Ritualen gewichen ist, die zwar dafür gesorgt haben, dass Tage, Monate und Jahre problemlos verstrichen sind, uns und unsere Kinder aber erdrückt haben. Na toll. Aber jetzt musst du mir bitte erklären, worauf das hinauslaufen soll. Willst du damit sagen, dass du die Uhr gern um fünfzehn Jahre zurückdrehen würdest? Aber dass dir, weil das nun mal nicht geht und deine Sehnsucht nach dem Glück des Anfangs so stark ist, leider nichts anderes übrig bleibt, als mit Lidia einen Neuanfang zu wagen? Willst du mir das sagen? Wenn ja, sage ich dir Folgendes: Auch ich spüre seit einiger Zeit, dass das einstige Glück abgenommen hat. Auch ich merke seit einiger Zeit, dass wir uns verändert haben, dass diese Veränderung Sandro, Anna und uns nicht guttut, dass wir riskieren, uns und die Kinder unnötig zu quälen, wenn wir zusammenbleiben. Auch ich befürchte seit einiger Zeit, dass wir, wenn wir uns damit zufriedengeben, nebeneinanderher zu leben und so unsere Kinder großzuziehen, gegen ihr, aber auch gegen unser Interesse verstoßen. Und dass es in diesem Fall besser wäre, sich zu trennen. Doch im Gegensatz zu dir bin ich fest davon überzeugt, dass wir die Schlüssel zum irdischen Paradies deinetwegen verloren haben, und dass es für mich besser wäre, mich mit jemandem zusammenzutun, der weniger gedankenlos ist. Ich verdränge euch nicht, leugne nicht, dass es euch gibt, nur um mich zu befreien. Wie soll ich mich auch befreien? Indem ich eine neue Beziehung eingehe, eine neue Familie gründe wie du mit Lidia?

Aldo, ich bitte dich, keine hohlen Phrasen mehr. Ich bin völlig am Ende und bitte dich ein allerletztes Mal, komm endlich zur Vernunft! Es bringt nichts, der Vergangenheit hinterherzutrauern, so wie es auch nichts bringt, immer neuen Anfängen hinterherzujagen. Für deinen Wunsch nach Veränderung gibt es nur einen Ausweg, nämlich uns vier, Sandro, Anna, dich und mich. Es ist unsere Pflicht, gemeinsam neue Wege zu gehen. Sieh mich an, sieh mich gut an, ich bitte dich, sieh mich richtig an: Ich sehne mich nicht nach der Vergangenheit. Ich versuche, deine dämlichen Stufen in meinem eigenen Tempo zu nehmen, und will weiterkommen. Aber wenn du weder mir noch meinen Kindern Gelegenheit dazu gibst, werde ich vor Gericht ziehen und das alleinige Sorgerecht beantragen.

7.

Endlich hast du Farbe bekannt, hast angesichts der richterlichen Anordnung nicht mit der Wimper gezuckt und keinen Finger gekrümmt, um deine so oft bemühten Vaterrechte einzuklagen. Du hast akzeptiert, dass ausschließlich ich mich um die Kinder kümmere, und zwar unabhängig davon, ob sie dich brauchen oder nicht. Du hast sie mir aufgebürdet und sie offiziell aus deinem Leben verbannt. Und weil Schweigen Zustimmung bedeutet, wurden die minderjährigen Kinder jetzt mir zugesprochen. Mit sofortiger Wirkung. Bravo, ich bin wirklich stolz darauf, dich geliebt zu haben.

8.

Ich habe mich umgebracht. Ich weiß, dass es richtig heißen muss, ich habe versucht mich umzubringen, aber das stimmt nicht. Im Grunde bin ich tot. Glaubst du, ich hab das getan, damit du wieder zurückkommst? Ist das der Grund, warum du dich sogar davor gehütet hast, dich auch nur fünf Minuten im Krankenhaus blicken zu lassen? Hast du Angst gehabt, in eine Situation zu geraten, der du dich so schnell nicht entziehen kannst? Oder davor, dich den Folgen deines Handelns stellen zu müssen?

Meine Güte, du bist wirklich ein schwacher, verwirrter Mensch – ohne jedes Feingefühl, oberflächlich und das genaue Gegenteil von dem Mann, den ich vor zwölf Jahren kennengelernt habe. Du interessiert dich nicht für Menschen, dafür, wie sie sich verändern und weiterentwickeln.

Du benutzt sie lediglich, tolerierst sie bloß, wenn sie dich auf ein Podest stellen. Du suchst ihre Nähe nur, wenn sie dein Ansehen steigern, dir eine Rolle zukommen lassen, für die du dich als würdig erachtest, und wenn sie dich feiern, denn dann musst du dir nicht eingestehen, dass du in Wahrheit nur Fassade bist mit nichts dahinter, und dass dir dieses Nichts Angst macht. Jedes Mal wenn diese Methode versagt, jedes Mal wenn sich Menschen von dir distanzieren und versuchen, sich weiterzuentwickeln, machst du sie kaputt und ziehst weiter. Du bleibst nie an einem Ort, willst immer im Mittelpunkt stehen. Angeblich weil du mit der Zeit gehen willst. »Mitbestimmung« nennst du diesen Wahnsinn. Ja, du bestimmst mit, bist überall dabei, ein bisschen zu viel, wenn du mich fragst. Doch in Wahrheit bist du einfach nur denkfaul, greifst Ideen und Begriffe aus Büchern auf, die gerade angesagt sind, und blähst sie künstlich auf. Du unterwirfst dich voll und ganz den Konventionen und Meinungen derjenigen, die etwas zu sagen haben – Leute, zu denen auch du möglichst bald gehören willst. Du bist nie du selbst, bist es vielleicht nie gewesen. Du weißt nicht mal, was das bedeutet. Alles, was du kannst, ist eine Gelegenheit beim Schopf ergreifen, wenn sie sich denn bietet. Weil du in Rom die Möglichkeit hattest, Assistent an der Uni zu werden, bist du Assistent geworden. Weil du von der Studentenrevolte erfasst wurdest, hast du dich politisch engagiert. Weil deine Mutter gestorben ist, die sehr anhänglich war, und du damals mit mir zusammen warst, hast du mich geheiratet. Sogar Kinder hast du in die Welt gesetzt, aber nur weil du dachtest, dass das zum Verheiratetsein einfach dazugehört. Dann bist du einer jungen Frau aus gutem Haus begegnet und im Namen der sexuellen

Revolution und der Zerschlagung der Familie ihr Liebhaber geworden. Und so wird es immer weitergehen, sodass du nie der sein wirst, der du sein willst, sondern immer nur der, den man gerade sucht.

In der schwierigen Zeit damals – drei Jahre nichts als Kummer – habe ich versucht dir zu helfen. Ich habe mich Tag und Nacht infrage gestellt und dich aufgefordert, dasselbe zu tun. Aber das ist dir gar nicht aufgefallen. Du hast mir kaum zugehört, und ich bin mir ziemlich sicher, dass du auch meine Briefe nicht gelesen hast. Dabei habe ich verstanden, dass die Institution Familie durchaus erdrückend ist, und dass uns die Rollen, in die sie uns zwingt, kaputt machen. Deshalb habe ich unvorstellbare Anstrengungen unternommen, um den Dingen auf den Grund zu gehen. Ich habe mich verändert, grundlegend verändert, ich habe mich weiterentwickelt, doch du hast es nicht mal bemerkt. Und wenn doch, warst du angewidert, hast dich mir entzogen, mich mit einem Halbsatz abgefertigt, mit einem Blick oder einer Geste. Der Selbstmordversuch, mein Lieber, ist der Beweis dafür. Du hast mich schon vor langer Zeit umgebracht, und zwar nicht in meiner Rolle als Ehefrau, sondern als Mensch in der Blüte seines Lebens, der dir absolut aufrichtig gegenübergetreten ist. Dass ich tatsächlich überlebt habe, dass ich jetzt offiziell noch am Leben bin, ist für mich kein Glück – nicht im Geringsten! Aber für meine Kinder sehr wohl. Deine Abwesenheit, dein Desinteresse sogar in dieser Extremsituation, haben mir gezeigt, dass du so oder so deiner Wege gegangen wärst, selbst wenn ich gestorben wäre.

9.

Gern will ich deine Fragen beantworten.

In den letzten beiden Jahren habe ich durchgehend gearbeitet, in verschiedenen Jobs und in der Regel für einen Hungerlohn. Erst seit Kurzem habe ich eine feste Stelle.

Unsere Trennung ist praktisch vollzogen – sowohl was den Familienstand als auch was mein alleiniges Sorgerecht für die Kinder betrifft, mit dem du dich einverstanden erklärt hast. Ich wüsste nicht, warum wir jetzt daran etwas ändern sollten.

Das Geld, das du mir schickst, bekomme ich pünktlich, obwohl ich dich nie um etwas gebeten habe – weder für die Kinder noch für mich. Wenn es mir meine Einkommenssituation erlaubt, versuche ich es nicht anzurühren, sondern lege es für Sandro und Anna zurück. Der Fernseher ist schon ewig kaputt, und ich zahle keine Gebühren mehr.

Du schreibst, dass du das Bedürfnis hast, wieder Kontakt zu deinen Kindern aufzunehmen. Sagst, dass es nach nunmehr vier Jahren möglich sein müsse, das Problem konstruktiv anzugehen. Aber was gibt es da noch anzugehen? Hat sich nicht klar gezeigt, wie es um dein Bedürfnis bestellt ist, als du dich davongestohlen, uns um unser Leben gebracht und sie im Stich gelassen hast, weil dir die Verantwortung zu groß wurde? Ich hab ihnen deine Bitte auf jeden Fall vorgetragen, und sie haben beschlossen, dich zu treffen. Solltest du es vergessen haben, rufe ich dir noch mal in Erinnerung, dass Sandro jetzt dreizehn ist und Anna neun. Sie leiden unter Unsicherheit und Angst. Mach es für sie nicht noch schlimmer.

TEIL II

ERSTES KAPITEL

1.

Alles schön der Reihe nach: Kurz bevor wir in die Ferien fuhren, folgte Vanda dem Rat ihres Orthopäden. Wegen eines Handgelenkbruchs, der einfach nicht heilen wollte, mietete sie für zwei Wochen einen Elektrostimulator. Der mit der Firma vereinbarte Preis betrug zweihundertfünf Euro, und die Zustellung sollte innerhalb der nächsten vierundzwanzig Stunden erfolgen. Am darauffolgenden Tag klingelte es um die Mittagszeit, und da meine Frau in der Küche zu tun hatte, machte ich auf. Dabei lief der Kater wie immer vorneweg. Eine zierliche junge Frau mit kurzen, vielleicht etwas dünnen schwarzen Haaren und lebhaften, ungeschminkten Augen in einem zarten, extrem blassen Gesicht reichte mir eine graue Schachtel. Ich nahm das Paket entgegen, und da mein Geldbeutel auf dem Schreibtisch im Arbeitszimmer lag, sagte ich: »Entschuldigen Sie bitte einen Moment.« Sie folgte mir unaufgefordert in die Wohnung.

»Schön!«, rief sie und wandte sich dem Kater zu. »Wie heißt du denn?«

»Labes«, erwiderte ich.

»Was ist denn das für ein Name?«

»Eine Abkürzung für *La bestia*, ›das Tier‹.«

Die junge Frau lachte, beugte sich vor und streichelte Labes.

»Das macht zweihundertzehn Euro«, sagte sie.

»Nicht zweihundertfünf?«

Ganz auf den Kater konzentriert, schüttelte sie nur den Kopf, kraulte ihn am Kinn und gab dabei irgendwelche sinnlosen Laute von sich. Nach wie vor in der Hocke, sagte sie mit dem beschwichtigenden Tonfall eines Menschen, der beruflich von Haus zu Haus zu geht und ganz genau weiß, wie man nervöse ältere Leute beruhigt, wenn man als Fremder bei ihnen auf der Matte steht: »Öffnen Sie die Schachtel. Darin liegt die Rechnung, dann sehen Sie, dass es zweihundertzehn sind.« Während sie weiterhin den Kater kraulte, schaute sie sich neugierig um und warf einen Blick in mein Arbeitszimmer.

»So viele Bücher!«

»Die brauche ich für meine Arbeit.«

»Eine schöne Arbeit. Und so viel kleine Figuren! Der Würfel da hat ein fantastisches Blau. Ist der aus Holz?«

»Aus Metall. Den hab ich vor vielen Jahren in Prag gekauft.«

»Wirklich eine schöne Wohnung!«, rief sie und richtete sich auf. Dann zeigte sie erneut auf die Schachtel: »Schauen Sie ruhig nach.«

Das Leuchten in ihren Augen gefiel mir.

»Das passt schon«, sagte ich und gab ihr zweihundertzehn Euro.

Sie steckte sie ein, und während sie sich vom Kater verabschiedete, ermahnte sie mich noch: »Überanstrengen Sie sich nicht beim Lesen. Tschüs, Labes!«

»Danke und auf Wiedersehen«, entgegnete ich.

Das war es auch schon. Nach wenigen Minuten kam Vanda aus der Küche, in einer grünen Schürze, die ihr fast bis zu den Füßen reichte. Sie öffnete die Schachtel, steckte das Netzteil in die Steckdose, kontrollierte, ob der Motor funktionierte, und sah sich die Magnetspule näher an, weil sie wissen wollte, wie man sie benutzte. Währenddessen warf ich aus Neugier einen Blick auf die beigelegte Rechnung. Die junge Frau hatte mich übers Ohr gehauen.

»Stimmt irgendwas nicht?«, fragte meine Frau, die, egal wie zerstreut sie ist, immer sofort spürt, wenn meine Laune umschlägt.

»Sie hat zweihundertzehn Euro verlangt.«

»Und du hast sie ihr gegeben?«

»Ja.«

»Aber ich hab dir doch gesagt, dass es zweihundertfünf kostet.«

»Sie hat einen anständigen Eindruck gemacht.«

»War es eine junge Frau?«

»Ja.«

»War sie hübsch?«

»Geht so.«

»Ein Wunder, dass sie dir bloß fünf Euro aus der Tasche gezogen hat.«

»Fünf Euro sind schließlich nicht die Welt.«

»Fünf Euro waren mal zehntausend Lire.«

Mit zusammengekniffenen Lippen, wie immer, wenn sie verärgert ist, las sie sich die Gebrauchsanweisung durch. Sie schaut sehr aufs Geld, ist seit jeher extrem sparsam und sich trotz ihrer Wehwehchen nach wie vor nicht zu schade, sich nach einem Eincentstück im Straßenstaub zu bücken. Sie gehört zu den Leuten, die nie müde werden zu betonen, dass ein Euro zweitausend Lire sind – so als müssten sie es sich vor allem selbst ständig neu vergegenwärtigen. Dass man vor fünfzehn Jahren noch zu zweit für zwölftausend Lire ins Kino gehen konnte, während man heute bei einem Eintrittspreis von acht Euro pro Karte zweiunddreißigtausend Lire hinblättern muss. Unser heutiger Wohlstand und in gewisser Weise auch der unserer Kinder, die uns häufig um Geld bitten, ist also weniger meiner Karriere als ihrer Sparsamkeit geschuldet. Dass uns eine Wildfremde vor wenigen Minuten um fünf Euro erleichtert hatte, regte sie bestimmt genauso auf, wie sie sich über den Fund derselben Summe neben einem parkenden Wagen gefreut hätte.

Ihre Enttäuschung war wie so oft ansteckend. »Ich werde der Firma eine Mail schreiben«, sagte ich und zog mich mit dem Vorsatz, den kleinen Betrug zu melden, ins Arbeitszimmer zurück. Ich wollte meine Frau besänftigen, ihre Missbilligung macht mich seit jeher nervös – ganz zu schweigen von ihrer sarkastischen Bemerkung, dass ich in meinem Alter immer noch so dumm sei, auf weibliche Tricks reinzufallen. Kaum hatte ich den Computer angemacht, rief ich mir die Gesten, die Stimme und die Worte der Paketbotin noch einmal ins Gedächtnis. Ich musste wieder an ihr einnehmendes Wesen denken, daran, wie sie den Kater gelobt und »so viele Bücher« gesagt hatte. Mir fiel ein, mit welcher Freundlichkeit sie mich fast schon gedrängt hatte, die Schachtel zu öffnen und selbst nachzusehen. Anscheinend hatte sie nur einen kurzen Blick auf mich werfen müssen, um zu wissen, dass ich ein leichtes Opfer sein würde.

Diese Erkenntnis ärgerte mich. Ich verglich die Art, wie ich noch vor wenigen Jahren reagiert hätte (»Sie verschwenden bloß meine Zeit, das ist die vereinbarte Summe, auf Wiedersehen«), mit meiner Reaktion von heute (»Der Kater heißt Labes, ich brauche die Bücher für meine Arbeit, den Würfel hab ich in Prag gekauft, das passt schon, danke«). Und beschloss, deshalb ein paar bitterböse Sätze in meine Tastatur zu hacken. Doch schon bald überfiel mich eine Art Trägheit, und ich dachte: Wer weiß, wie diese Frau lebt? Ein prekärer, schlecht bezahlter Job, pflegebedürftige Eltern, horrende Mieten, dringend benötigte Anschaffungen wie Schminkzeug und eine neue Strumpfhose, ein arbeitsloser Ehemann oder Freund, Drogenprobleme … Schriebe ich der Firma, würde sie dieses kleine Zubrot bestimmt auch noch verlieren. Was waren schon fünf Euro – ein Trinkgeld, das ich ihr ohne meine gestrenge Frau im Nacken bereitwillig gegeben hätte. Würde die junge Paketbotin in diesen schweren Zeiten die Beträge weiterhin zu ihren Gunsten aufrunden, würde sich ohnehin bald ein anderer finden, der nicht so verständnisvoll war, und sie dafür zur Rechenschaft ziehen.

Ich verzichtete auf die Mail. Zu Vanda sagte ich, ich hätte sie abgeschickt, um den ganzen Vorfall anschließend vollkommen zu vergessen.

2.

Wenige Tage später fuhren wir ans Meer. Meine Frau packte die Koffer, und ich schleppte sie runter zum Auto. Es war sehr heiß. Die sonst so befahrene Straße war wie ausgestorben, die Häuser ringsum blieben stumm, ihre Fenster und Balkone waren größtenteils durch Gitter und heruntergelassene Rollos gesichert.

Von der Anstrengung war ich schweißnass. Vanda wollte mir helfen, aber da ich es ihr aus Sorge um ihre brüchigen Knochen verbot, gab sie mir Anweisungen, wie ich die Koffer einzuräumen hatte. Sie war nervös, ließ unsere Wohnung nur ungern zurück. Auch wenn wir nur sieben Tage am Meer, in einem Hotel unweit von Gallipoli, verbringen würden – Vollpension zu bezahlbaren Preisen, nichts als schlafen, lange Strandspaziergänge und genüsslich baden –, hörte sie nicht auf, mir damit in den Ohren zu liegen, dass sie auch gern zu Hause geblieben wäre, um auf dem Balkon zwischen Zitronen- und Mispelbäumchen zu lesen.

Wir wohnen seit dreißig Jahren in diesem Haus, und immer wenn es woanders hingeht, tut sie so, als kehrten wir nie mehr zurück. Mit den Jahren wird es immer schwieriger, sie dazu zu bringen, mir den einen oder anderen Tapetenwechsel zu gönnen. Vor allem weil sie befürchtet, die Kinder oder Enkel könnten dann zu kurz kommen. Aber in erster Linie will sie Labes nicht allein lassen, sie liebt ihn, und er liebt sie auch. Ich mag unser Haustier selbstverständlich ebenfalls, wenn auch nicht so sehr, dass ich mir davon die Ferien ruinieren lasse. Deshalb muss ich sie behutsam davon überzeugen, dass der Kater das Hotelmobiliar beschädigen, unser Zimmer verdrecken und die anderen Gäste mit seinem nächtlichen Miauen stören wird. Willigt sie dann endlich ein, sich von ihm zu trennen, muss ich dafür sorgen, dass unsere Kinder vorbeikommen, um die Näpfe nachzufüllen und das Katzenklo zu säubern. Das macht sie in der Regel sehr nervös. Die Kinder verstehen sich nicht besonders. Deshalb muss um jeden Preis vermieden werden, dass sich Bruder und Schwester irgendwie begegnen. Zwischen ihnen hat es schon immer Spannungen gegeben, schon seit der Pubertät. Aber als vor etwa zwölf Jahren Tante Gianna gestorben ist, haben sich die Dinge verkompliziert. Vandas ältere Schwester blieb im Laufe ihres bewegten Lebens kinderlos und hat vor allem Sandro ins Herz geschlossen. Kurz vor ihrem Tod hat sie ihm ihren beträchtlichen Notgroschen vermacht, Anna dagegen bloß wertlosen Nippes. Daraus ist ein Streit entbrannt. Anna wollte, dass der Letzte Wille ihrer Tante ignoriert und das Erbe gerecht geteilt wird. Sandro hat sich geweigert. Mit dem Ergebnis, dass sie sich nicht mehr sehen – etwas, worunter ihre Mutter, neben den tausend anderen Problemen in beider chaotischem Leben, sehr leidet. Um zu vermeiden, dass sie sich bei der Versorgung von Labes auch nur über den Weg laufen, arbeite ich Schicht- und Zeitpläne aus. Vanda, die keinerlei Vertrauen in mein Organisationstalent hat, überwacht mich dabei und sorgt dafür, dass beide Kinder einen Schlüssel zu unserer Wohnung haben. Das nur um zu erklären, wie mühsam dies alles ist. Jetzt stand ich jedenfalls mit ihr da, umringt von unserem Gepäck. Wir leben seit zweiundfünfzig Jahren zusammen, eine ziemlich beträchtliche Zeitspanne. Mit ihren sechsundsiebzig wirkt Vanda wie eine resolute Dame, während ich mit vierundsiebzig eher den Eindruck eines zerstreuten älteren Herrn erwecke. Schon immer organisiert sie mein Leben, ohne auch nur den geringsten Hehl daraus zu machen. Und schon immer folge ich ihren Anweisungen, ohne zu widersprechen. Trotz ihrer Wehwehchen ist sie sehr aktiv, während ich trotz guter Gesundheit eher faul bin. Ich hatte den roten Koffer bereits verstaut, als meine Frau protestierte, weil sie nicht einverstanden war: Der schwarze sollte nach unten und der rote obenauf. Ich zog mir das am Rücken klebende Hemd vom Körper und nahm den roten Koffer heraus, um ihn mit übertriebenem Stöhnen auf dem Asphalt abzustellen und nach dem schwarzen zu greifen. In diesem Moment kam ein Auto.

Es war nicht zu übersehen, da nicht nur die Straße, sondern die ganze Stadt verlassen wirkte. Die Ampeln sprangen vergebens um, und in den Baumwipfeln hörte man sogar Vögel zwitschern. Der Wagen fuhr an uns vorbei, blieb aber nach wenigen Metern stehen. Für ein, zwei Sekunden nahm ich deutlich wahr, wie in einen anderen Gang geschaltet wurde. Nachdem krachend der Rückwärtsgang eingelegt worden war, hielt das Auto direkt auf unserer Höhe.

»Ja ist denn das die Möglichkeit!«, rief der Mann am Steuer. Er hatte tief liegende Augen und keine besonders guten Zähne. »Da fahr ich hier vorbei, und dann sind Sie es, ausgerechnet Sie, mitten auf der Straße! Wenn ich das meinem Vater erzähle, fällt ihm die Kinnlade runter.«

Er war begeistert und lachte euphorisch. Ich ließ den schwarzen Koffer los und begann mein Gedächtnis nach seinen Gesichtszügen zu durchforsten – nach Nase, Mund, Stirn –, nach irgendetwas, das mir helfen würde, ihn wiederzuerkennen. Leider gelang mir das nicht, denn er hatte eine lebhafte Mimik, die durch seine Verzückung zusätzlich gesteigert wurde. Er konnte sich gar nicht mehr beruhigen, außerdem redete er ohne Punkt und Komma, überschüttete mich förmlich mit Worten. Es ging um seinen Vater, der immer nur mit größtem Respekt und tiefer Zuneigung von mir spreche. Um gewisse Probleme, bei denen ich ihm geholfen habe, als er noch ein Kind gewesen sei, und wie sich schließlich doch noch alles zum Guten gewendet habe, ja dass es inzwischen immer vielversprechender für ihn aussehe.

Ständig rief er aus, »Was für eine wunderbare Überraschung!«, und obwohl ich mich nicht mehr daran erinnern konnte, was ich ihm, seinem Vater oder beiden Gutes getan hatte, kam ich rasch zu dem Schluss, dass er ein ehemaliger Schüler sein musste, den ich vielleicht als junger Mann kurz an einem Gymnasium in Neapel unterrichtet hatte, vielleicht auch während meiner längeren Lehrtätigkeit an der Universität von Rom. Es kam vor, dass ich begeisterte Fremde traf, in deren erwachsenen, häufig stark vom Leben gezeichneten Zügen ich oft ehemalige Schüler erkannte – auch wenn ich noch öfter nur so tat, als ob. Ja, dachte ich, das ist die wahrscheinlichste Erklärung. Das ist mit Sicherheit einer meiner Schüler. Außerdem wollte ich den Mann nicht kränken, indem ich zugab, ihn nicht mehr zu kennen. Ich machte ein freundliches Gesicht und sagte: »Wie geht es Ihrem Vater?«

»Gut. Er hat ein paar Herzprobleme, aber nichts Schlimmes.«

»Grüßen Sie ihn von mir.«

»Gern.«

»Und bei Ihnen? Alles in Ordnung?«

»Alles bestens. Sie erinnern sich doch noch, dass ich nach Deutschland wollte? Da war ich auch und hab seitdem endlich ein bisschen mehr Glück. In Italien, welche Chancen gibt es da schon? Keine! Aber in Deutschland habe ich eine kleine Firma gegründet. Ich arbeite mit Leder und stelle

Handtaschen und Jacken her, alles beste Qualität, die sich hervorragend verkauft.«

»Das freut mich für Sie. Sind Sie verheiratet?«

»Noch nicht, aber im Herbst ist es so weit.«

»Na dann, herzlichen Glückwunsch, und noch einmal meine besten Wünsche für Ihren Vater.«

»Danke! Wenn Sie wüssten, wie der sich freuen wird.«

Ich wartete vergeblich darauf, dass er weiterfuhr. Wir blieben kurz angestrengt lächelnd stehen, ohne etwas zu sagen. Dann schüttelte er energisch den Kopf: »Nein, nein, wer weiß, wann sich so eine Gelegenheit noch mal ergibt. Erlauben Sie, dass ich Ihnen ein Geschenk mache, Ihnen und Ihrer Frau.«

»Ein andermal gern, wir müssen jetzt los.«

»Nein, sofort, es dauert nur einen Moment.«

Der Mann stieg aus, wieselflink und energisch, und öffnete den Kofferraum. »Hier!«, rief er und reichte Vanda eine glänzende Handtasche, die sie fast widerstrebend entgegennahm, als hätte sie Angst, sich schmutzig zu machen. Für mich suchte der Unbekannte eine schwarze Lederjacke aus, hängte sie mir um und murmelte: »Die ist perfekt.« Ich wehrte ab: »Das ist doch übertrieben, das kann ich unmöglich annehmen.« Doch er hörte nicht auf mich, wandte sich an Vanda und wollte ihr auch noch einen Blouson mit glänzenden Schnallen geben. »Das ist genau Ihre Größe«, sagte er hochzufrieden. Ich versuchte ihm Einhalt zu gebieten: »Das ist sehr freundlich von Ihnen, vielen Dank noch mal, aber genug der Geschenke, wir kommen sonst zu spät los und damit in den Stau.«

Auf einmal erstarrten seine aalglatten Züge. »Bitte sehr, das ist doch gar nichts, wer kann, der kann, ich möchte Sie nur um einen kleinen Gefallen bitten, um ein paar Euro Benzingeld, ich muss noch nach Deutschland. Aber ich will Sie nicht drängen, wenn Ihnen das zu viel ist, dann eben nicht, geschenkt ist geschenkt.«

Ich war verwirrt: Der Vater, die Dankbarkeit, die kleine deutsche Firma, die gut gehenden Geschäfte – und jetzt wollte er ein paar Euro Benzingeld? Mechanisch zückte ich den Geldbeutel, suchte nach fünf oder zehn Euro, fand aber nur einen Hunderteuroschein. »Tut mir leid«, murmelte ich, doch gleichzeitig pochten mir die Schläfen, fast hätte ich gesagt: »Es tut mir kein bisschen leid, nimm dein Zeug und hau ab!« Das Ganze dauerte nur eine Sekunde: Gekonnt, blitzschnell und doch galant näherte sich der Mann mit angewinkeltem Daumen und Zeigefinger meinem Geldbeutel, schloss sie wie eine Pinzette um den Hunderteuroschein und zog ihn mit übertrieben dankbarem Blick heraus. Gleich darauf saß er wieder am Steuer und rief im Davonbrausen: »Danke, mein Vater wird sich riesig freuen!«

Während mich der kleine Betrug der jungen Frau mit dem Elektrostimulator nur verärgert hatte, machte mir dieser Vorfall schwer zu schaffen.

Das Auto hatte das Ende der Straße noch nicht erreicht, als meine Frau ungläubig ausrief: »Du hast ihm hundert Euro gegeben?«

»Ich hab ihm gar nichts gegeben. Er hat sie sich einfach genommen.«

»Dieses Zeug ist nicht das Geringste wert. Merkst du nicht, wie das stinkt? Das ist kein Leder, das riecht nach Fisch.«

»Wirf alles in die Mülltonne.«

»Von wegen! Wenn, dann spende ich es dem Roten Kreuz.«

»Na gut.«

»Gar nichts ist gut! Wir kommen aus Neapel, Herrgott noch mal, und du lässt dich so übers Ohr hauen?«

3.

Ich fuhr stundenlang, bis wir am Meer waren. Vom Gestank der Jacken und der Handtasche war mir ganz übel. Vanda konnte es einfach nicht fassen. »Hundert Euro«, wiederholte sie. »Zweihunderttausend Lire, das darf doch nicht wahr sein.« Doch dann ließ ihre Verärgerung nach. Laut seufzend sagte sie: »Na gut, da kann man nichts machen, denken wir nicht weiter daran.« Ich nickte sogleich und zwang mich, etwas zu sagen, das ebenfalls einen Schlussstrich unter die Sache zog. Doch mir fiel nichts Überzeugendes ein, gleichzeitig fühlte ich mich, als könnte mich die kleinste Kleinigkeit aus der Bahn werfen. Vermutlich weil ich sofort einen Zusammenhang zwischen der dunkelhaarigen Paketbotin und dem Straßenhändler mit den schlechten Zähnen herstellte. Beide, davon war ich fest überzeugt, hatten auf den ersten Blick erkannt: Der Kerl ist ein dankbares Opfer. Und sie hatten recht gehabt, ich hatte mich leicht übers Ohr hauen lassen. Anscheinend hatte ich keine Antennen für so was wie früher, wenn sie überhaupt noch funktionierten. Oder ich hatte mit den Jahren an Ausstrahlung verloren: die Ausstrahlung eines Mannes, bei dem man sich so etwas einfach nicht traut, wegen eines bestimmten Blicks oder abschätzig verzogenen Munds. Oder aber meine Wahrnehmung hatte sich eingetrübt, und ich besaß nicht mehr die Wachsamkeit und Aufnahmefähigkeit, die es mir im Laufe meines Lebens erlaubt hatten, meinen ärmlichen Verhältnissen zu entkommen, Kinder großzuziehen, mich in einem schwierigen Umfeld zu behaupten, es zu einem gewissen Wohlstand zu bringen und mich den äußeren Umständen anzupassen – im Positiven wie im Negativen. Ich wusste nicht genau, wie und in welchem Ausmaß ich mich verändert hatte, aber dass ich mich verändert hatte, schien mittlerweile eindeutig festzustehen.

Wir hatten unser Ziel beinahe erreicht, als ich noch einen kleinen Hinweis darauf erhielt, dass die Gefahr, die Kontrolle über das empfindliche Kräftegleichgewicht zu verlieren, das mein Leben fünf Jahrzehnte lang in geordneten Bahnen gehalten hatte, durchaus real war. Während ich mich lustlos durch den chaotischen Urlaubsverkehr schlängelte, überlegte ich angestrengt, ob ich in der Vergangenheit schon mal reingelegt worden war, doch ich konnte mich an nichts erinnern. Stattdessen drang ein weit zurückliegender Vorfall in mein Bewusstsein, bei dem ich mich tapfer geschlagen hatte. Ich brach das lange Schweigen und erzählte Vanda, die mit dem Kopf am Fenster vor sich hin döste, entsprechend meinen Erinnerungen unvermittelt, wie sie mich – es musste im Frühling gewesen sein – zur Rundfunkanstalt begleitet hatte. Ich wusste nicht mehr genau, in welchem Jahr das gewesen war, und auch nicht mehr, warum: »Vielleicht«, sagte ich, »ist es auch gar nicht die Rundfunkanstalt gewesen, vielleicht habe ich damals noch gar nicht dort gearbeitet, keine Ahnung, wo wir hingefahren sind.« Fest stand nur, dass ich dem Taxifahrer damals fünfzigtausend Lire gegeben hatte, der jedoch behauptete, es wären bloß zehntausend gewesen. Daraus war ein heftiger Streit entbrannt. Der Mann war sogar ihr gegenüber ausfallend geworden, die doch ganz genau gesehen hatte, dass ich ihm fünfzigtausend gegeben hatte und mir nur den Rücken stärken wollte. Mit größtmöglicher Verachtung hatte ich den Taxifahrer um seinen vollen Namen und seine übrigen Personendaten gebeten. Dann hatte ich ihm gesagt, dass er die fünfzigtausend gern behalten könne, ich aber sofort zur Polizei gehen werde. Der Mann hatte mir zunächst wütend sämtliche Angaben zugezischt und dann so etwas gemurmelt wie »Ich hätte heute früh gar nicht erst aufstehen sollen, wozu das alles, außerdem hab ich die Grippe«, um mir dann doch noch das korrekte Wechselgeld rauszugeben. »Weißt du noch?«, sagte ich stolz.

Meine Frau richtete sich auf und sah mich verständnislos an.

»Da irrst du dich«, erwiderte sie kühl.

»Genau so ist es gewesen.«

»Ich bin nie mit dir in diesem Taxi gesessen.«

Sofort spürte ich, wie ich bis unter die Haarwurzeln rot wurde, und versuchte, mir nichts anmerken zu lassen.

»Natürlich warst du dabei.«

»Hör auf damit.«

»Du erinnerst dich bloß nicht mehr daran.«

»Ich sagte, hör auf damit.«

»Vielleicht war ich auch allein«, stammelte ich und verstummte genauso abrupt, wie ich angefangen hatte.

Der Rest der Fahrt verlief in angespanntem Schweigen. Erst bei der Ankunft im Hotel verbesserte sich unsere Laune etwas, als wir ein Zimmer mit Meerblick bekamen.

Das Abendessen schmeckte vorzüglich, und als wir wieder auf unserem Zimmer waren, stellten wir fest, dass die Klimaanlage schön leise und Matratze und Kissen für Vandas angeknackste Wirbelsäule ideal waren. Wir nahmen unsere Tabletten und fielen in einen tiefen Schlaf.

Mit der Zeit hellte sich meine Stimmung auf. Das Wetter war die ganze Woche schön, das Wasser kristallklar. Wir badeten ausgiebig und gingen ebenso ausgiebig spazieren. Die Landschaft und die Häuser verströmten Leichtigkeit, das Meer war zu bestimmten Zeiten türkisblau und funkelte in der grellen Sonne, und die Sonnenuntergänge waren tiefrot. Auch wenn unter den Hotelgästen mittags wie abends eine rücksichtslose Schlacht ums Buffet entbrannte, in der darum gewetteifert wurde, wer sich am meisten auf den Teller häufen kann, auch wenn Vanda mich rügte, weil ich mir zu wenig nähme, auch wenn der Speisesaal vom Lärm der Kinder und Erwachsenen widerhallte und die Kellner uns insofern beunruhigten, dass sie uns anwiesen, nach dreiundzwanzig Uhr nicht mehr an den Strand zu gehen, weil das gefährlich sei, und zwar so gefährlich, dass man uns zur Schlafenszeit sowohl zum Meer als auch zur Straßenseite hin hinter unzähligen Gittern verbarrikadierte, verbrachten wir einen schönen Urlaub.

»Was für ein angenehmer Wind!«

»So ein klares Wasser hatten wir schon seit Jahren nicht mehr.«

»Pass auf die Quallen auf.«

»Hast du hier Quallen gesehen?«

»Nein, ich glaube nicht.«

»Warum machst du mir dann solche Angst?«

»Ich mein doch nur.«

»Weil du mir das Baden verleiden willst?«

»Ich bitte dich!«

Weil Vanda nicht lockerließ, bekamen wir sogar einen Sonnenschirm in der ersten Reihe. Im Schatten, in Liegestühlen mit Blick aufs glitzernde Wasser, las meine Frau populärwissenschaftliche Bücher, wobei sie mich in regelmäßigen Abständen über die subatomare Welt und die Tiefen des Universums informierte, ich dagegen Romane und Gedichte, die ich manchmal vor mich hin murmelte – weniger um sie ihr vorzutragen, sondern um meinen Genuss noch zu steigern. Nach dem Abendessen auf der Terrasse geschah es häufig, dass wir im selben Moment eine Sternschnuppe sahen, und das freute uns sehr. Wir bewunderten den Nachthimmel und die gute Luft, und schon nach einer halben Woche kamen uns nicht nur dieser Strand und dieses Meer, sondern der ganze Planet wie ein wahres Wunder vor. Während der letzten Urlaubstage fühlte ich mich so richtig gut. Ich genoss das Privileg, seit über vierundsiebzig Jahren eine glückliche Reinkarnation der Sternensubstanz zu sein, die in den Schmelzöfen des Universums vor sich hin blubbert, ein winziges bisschen lebendige, intelligente Materie – noch dazu rein zufällig völlig unberührt von größeren Sorgen und Katastrophen. Der einzige Minuspunkt waren die Mücken, die nachts vor allem mich stachen und Vanda derart auffällig verschonten, dass sie sich zu der Behauptung verstieg, es gäbe gar keine. Ansonsten war es einfach nur schön, am Leben zu sein, sich ihm zu überlassen. Ich staunte selbst über meinen Optimismus, obwohl ich eigentlich nicht dazu neige.

Bis die Dinge ausgerechnet bei unserer Abreise (um sechs Uhr früh, um nicht in den Stau zu kommen) eine andere

Wendung nahmen. Der Himmel bezog sich. Während der ganzen Heimfahrt fielen dicke Tropfen, begleitet von Blitzen und ohrenbetäubendem Donner – und das auf Autobahnen, die deutlich gefährlicher waren als bei der Hinfahrt. Wie damals fuhr ich die ganze Strecke allein (Vanda ist eine furchtbare Autofahrerin), auch wenn ich oft befürchtete, die Spur nicht mehr halten zu können und vor allem in den Kurven auf die der Lastwagen zu geraten oder gegen die Leitschutzplanke zu fahren.

»Musst du so rasen?«

»Ich rase doch gar nicht.«

»Lass uns anhalten und warten, bis es aufhört zu schütten.«

»Es schüttet nicht.«

»O Gott, was für ein Blitz.«

»Gleich kommt der Donner.«

»Meinst du, in Rom regnet es auch so stark?«

»Keine Ahnung.«

»Labes hat Angst vor Gewitter.«

»Er wird's überleben.«

Meine Frau, die den Kater im Urlaub nur in Telefonaten mit Sandro oder Anna erwähnt hatte, weil sie hören wollte, ob alles in Ordnung war, machte sich während der ganzen Fahrt lautstark Sorgen um ihn. Labes stand für unser gemütliches Zuhause, in das sie, auch wenn sie mich wegen meines waghalsigen Tempos ermahnte, gar nicht schnell genug zurückkehren konnte. Ihre Nervosität wuchs, als wir erfuhren, dass es auch in Rom heftige Regenfälle gab, die für schmutzige Rinnsale am Straßenrand und große dunkle Pfützen vor den Gullys sorgten. Um zwei Uhr nachmittags parkten wir das Auto in unserer Straße. Trotz des Regens war es drückend heiß. Ich lud unser Gepäck aus. Vanda wollte mir den Schirm halten, aber weil wir auf diese Weise beide nass wurden, sagte ich ihr, sie solle schon mal vorgehen. Nach anfänglichem Widerstand gehorchte sie, lud Koffer und Taschen aus und erreichte dann völlig durchnässt den Lift.

Meine Frau, die bereits oben war, rief mir vom Treppenabsatz aus zu: »Lass das Gepäck unten und komm sofort rauf!«

»Was ist denn?«

»Ich krieg die Tür nicht auf.«

4.

Ich achtete nicht weiter auf sie. Wenn Vanda mal kurz warten muss, so mein Gedanke, wird die Welt schon nicht untergehen. Ich verstaute das Gepäck im Lift und reagierte auf ihr immer heftigeres Drängen mit einem besänftigenden »Warte, ich komm ja gleich!«. Erst als ich die Koffer und Taschen auf unserem Treppenabsatz stapelte, merkte ich, dass sie ernsthaft beunruhigt war. »Schau nur«, sagte sie und zeigte auf die halb offene Tür. Ich drückte dagegen, doch ohne großen Erfolg, die Tür klemmte nach wie vor. Ich verrenkte mir schmerzhaft den Hals und steckte den Kopf durch den winzigen Türspalt.

»Und?«, fragte Vanda nervös und hielt mich am Hemd fest, als befürchtete sie, ich könnte wer weiß wie tief stürzen.

»Es herrscht eine Riesenunordnung.«

»Wo?«

»Da drin.«

»Und wer war das?«

»Keine Ahnung.«

»Ich ruf Sandro an.«

Ich erinnerte sie daran, dass unsere Kinder inzwischen im Urlaub waren: Sandro war bestimmt schon frühmorgens mit Corinnes Kindern nach Frankreich gefahren, und wer weiß, wo Anna steckte. »Ich ruf trotzdem an«, sagte meine Frau, die ihrem Sohn mehr vertraut als mir, und machte Anstalten, in ihrer Handtasche nach dem Handy zu suchen. Doch auf einmal erstarrte sie, weil ihr Labes wieder einfiel. Mit gebieterischer Stimme rief sie nach ihm. Wir warteten: keine Reaktion, keinerlei Miauen. Da stemmten wir uns beide gegen die Tür, und weil wir nicht lockerließen, vergrößerte sich der Türspalt unter lautem Quietschen. Ich betrat die Wohnung.

Der sonst so aufgeräumte Flur war kaum noch wiederzuerkennen. Als wären sie von einer Flutwelle erfasst worden, türmten sich Sofa und Couchtisch übereinander. Annas alter Schreibtisch lag auf der Seite. Die Schubladen waren herausgefallen oder herausgezogen worden und lagen auf dem Boden, eine ordentlich, die anderen umgekippt – umgeben von alten Heften, Stiften, Kulis, Zirkeln, Geodreiecken und Püppchen, die unsere Tochter in ihrer Kindheit und Jugend besessen hatte.

Ich machte ein paar vorsichtige Schritte, spürte aber sofort ein Knirschen unter den Füßen: die Überreste verschiedener Spielzeugfiguren. »Aldo, Aldo!«, rief meine Frau. »Was ist denn, geht's dir gut?« Ich musterte die Tür. Sie hatte geklemmt, weil sich eine der vielen überall auf dem Boden verstreuten Scherben daruntergeschoben hatte. Ich zog sie heraus und machte auf. Verunsichert betrat Vanda die Wohnung, als hätte sie Angst, zu stolpern und zu stürzen. Sie wurde leichenblass, ihre Bräune wich einem fahlen Grün. Da sie so aussah, als würde sie gleich in Ohnmacht fallen, packte ich sie am Arm, aber sie riss sich stumm los und eilte ins Wohnzimmer, in die ehemaligen Kinderzimmer, in Küche, Bad und Schlafzimmer.

Ich ließ mir bewusst Zeit. In schwierigen Situationen werde ich in der Regel langsamer und versuche so, Fehlreaktionen zu vermeiden. Sie dagegen stellt sich nach anfänglicher Verwirrung ihrer Angst und stürzt sich energisch ins Geschehen. So ist sie schon immer, seit ich sie kenne, und so hat sie auch diesmal reagiert. Während ich ihre Schritte im Flur und in den Zimmern hörte, spürte ich erneut, nur viel stärker, wie zerbrechlich und verletzlich ich war. Ich schaute mich um und schlich in mein Arbeitszimmer, achtete darauf, nicht auf die Drucke zu treten, die noch vor einer Woche die Wände geschmückt hatten und nun zwischen Glasscherben, zertrümmerten Bilderrahmen, umgekippten Regalen, zerfledderten Büchern und kaputten Schallplatten auf dem Boden lagen. Dort stand ich noch immer und hob gerade eine alte Ansicht von Capri auf, als Vanda zurückkam. »Was machst du denn da?«, sagte sie entsetzt. »Steh nicht rum wie eine Salzsäule, los, schau dir das an, es ist die reinste Katastrophe.« Doch die Spuren der Zerstörung waren ihr bereits vorausgeeilt: Leer gefegte Schränke, überall Kleiderbügel und Klamotten, unser Bett war umgeworfen. Jemand hatte seine Wut an sämtlichen Spiegeln in der Wohnung ausgelassen, die Rollläden waren hochgezogen, die Fenster und Balkontüren weit aufgerissen worden – wer weiß, wie viele Tiere eingedrungen waren:

Eidechsen, Geckos, vielleicht auch Mäuse. Sie brach in Tränen aus.

Ich zog sie zurück in den Flur. Schob den Schreibtisch in eine Ecke, stellte den Tisch, der auf dem Sofa lag, zurück auf den Boden, das Sofa auf seine vier Beine und zwang sie, sich zu setzen. »Bleib hier«, sagte ich ungewollt barsch und ging mit wachsendem Entsetzen von Zimmer zu Zimmer. Es gab keinen einzigen Raum, in dem das Unterste nicht zuoberst gekehrt war. Es würde Tage dauern und jede Menge Geld und Mühe kosten, die Wohnung auch nur ansatzweise wieder bewohnbar zu machen. Der CD-Player lag mitsamt den glänzenden CDs am Boden, inmitten von alten Unterlagen, die einst fein säuberlich in Aktenordnern abgeheftet gewesen waren, und inmitten von Muscheln – zig Muscheln, die Fußsohlen zu winzigen Bruchteilen zertreten hatten. Muscheln, die Anna, als sie noch klein gewesen war, gesammelt hatte und die von uns in Kartons aufbewahrt worden waren. Überall – im Wohnzimmer, in meinem Arbeitszimmer, in den Kinderzimmern – fand ich die alten Möbel, an denen wir so hingen, mehrfach beschädigt vor. Und das Bad? Der reinste Saustall: Medikamente, Watte, Klopapier, ausgedrückte Zahnpastatuben, Spiegelscherben und Flüssigseife, wohin das Auge sah. Ich spürte einen lastenden Schmerz, aber nicht meinen, sondern Vandas. Sie war es schließlich, die sich um die Wohnung kümmerte wie um ein lebendiges Wesen, die sie sauber hielt und die Kinder und mich im Lauf der Zeit dazu gebracht hatte, strenge, aber sinnvolle Regeln zu befolgen, damit alles seine Ordnung hatte. Ich ging erneut zu ihr, sie saß im Halbdunkel des Flurs.

»Wer war das?«

»Einbrecher, Vanda.«

»Um was bitte schön zu stehlen? Hier gibt es keine Wertsachen.«

»Eben drum.«

»Was willst du damit sagen?«

»Weil sie nichts gefunden haben, haben sie uns die Wohnung verwüstet.«

»Wo sind sie überhaupt reingekommen? Die Haustür war abgeschlossen.«

»Über die Balkone und die Fenster.«

»In der Küchenschublade waren fünfzig Euro, haben sie die mitgenommen?«

»Keine Ahnung.«

»Und die Perlenkette meiner Mutter?«

»Keine Ahnung.«

»Wo ist Labes?«

5.

Ja, wo war der Kater? Vanda sprang auf und rief fast schon wütend nach ihm. Ich tat es ihr nach, wenn auch leiser. Wir gingen von Zimmer zu Zimmer, traten an Fenster und Balkontüren und schrien seinen Namen. »Vielleicht ist er abgestürzt«, murmelte meine Frau. Wir wohnten im dritten Stock, unten der grobe Stein des Innenhofs. »Nein«, beruhigte ich sie. »Er wird sich versteckt, wird Angst gehabt haben. Angst vor den Fremden, die in unsere Wohnung eingedrungen sind. Angst und Abscheu – genau wie wir bei dem Gedanken, dass Unbekannte unsere Sachen durchwühlt haben.« Da sagte meine Frau unvermittelt: »Und wenn sie ihn umgebracht haben?« Sie wartete meine Antwort gar nicht erst ab, ich sah es an ihrem Blick: Ja, sie haben ihn umgebracht. Sie hörte auf, nach ihm zu rufen, und sah sich wieder hektisch in der Wohnung um. Sie verschob Gegenstände, zwängte sich zwischen umgeworfene Möbel, kontrollierte die, die stehen geblieben waren. Ich versuchte ihr zuvorzukommen. Die Diebe konnten sich mit derselben unverhältnismäßigen Wut an Labes abreagiert haben wie an unserer Einrichtung. Lieber fand ich die Leiche zuerst, um sie wenn möglich vor ihr zu verstecken. Ich sah in der Kammer nach, in der wir unsere Wintersachen aufbewahren, und rechnete eine Sekunde lang fest damit, das Tier wie in einem Horrorfilm aufgeschlitzt oder erhängt zwischen den Mänteln vorzufinden. Stattdessen bot sich mir das übliche Bild der Zerstörung: Die Metallstange war aus der Wand gerissen worden, die Kleider lagen auf dem Boden. Von Labes fehlte jede Spur.

Vanda schien erleichtert zu sein. Sie konnte sich jetzt nicht nur einbilden, dass der Kater noch lebte, sondern hatte bei ihren Erkundungen auch erstaunt festgestellt, dass die Perlen ihrer Mutter – der einzige Schmuck, den sie sich je gegönnt hatte – noch immer in der Schublade lagen, in der sie sie aufzubewahren pflegte. Und unter der Spüle, unter einer dicken Schicht Spülmittel, auch die fünfzig Euro, die sie in der Küche versteckt hatte. Auf einmal kamen ihr die Einbrecher dumm vor. Sie hatten auf ihrer Suche nach irgendwelchen Wertsachen alles durchwühlt, alles zerstört, ohne das bisschen zu finden, das man hätte stehlen können: die Perlen und die fünfzig Euro. »Gut«, tröstete ich sie, »reg dich bitte nicht weiter auf.« Trotzdem ging ich auf die Balkone meines Arbeits- und Wohnzimmers, um zu verstehen, wie die Einbrecher bis in den dritten Stock gelangt waren, und suchte den Innenhof dabei heimlich nach Spuren von Labes ab. Was war das nur für ein dunkler Fleck auf dem Vordach im ersten Stock? Blut, das trotz des warmen Regens kleben blieb?

Ich kam zu dem Schluss, dass die Einbrecher – zwei oder drei? – an der Regenrinne bis zum Kranzgesims hochgeklettert und von dort auf unseren Balkon gelangt waren. Die Rollläden waren gewaltsam hochgestemmt worden, dann hatten sie die schon alte Balkontür ausgehängt, ohne die Scheibe einzuschlagen, und waren so in die Wohnung eingestiegen. Wir hätten die Fenster vergittern lassen müssen, dachte ich reumütig und ließ den Blick über die benachbarten Fenster und Balkone huschen. Aber wozu sich schützen, wenn es nichts zu schützen gibt? Ich ging rasch wieder hinein. Noch mehr als die verwüstete Wohnung beunruhigte mich die Totenstille im leeren Haus. Weder meine Frau noch ich konnten unser Herz ausschütten oder jemandem den Schaden zeigen, wir ernteten keine Solidaritätsbekundungen, Ratschläge oder auch nur ein bisschen Mitgefühl. Die meisten Nachbarn waren noch im Urlaub, man hörte weder Schritte noch Stimmen, niemand knallte mit den Türen, und das regnerische Grau ließ alles vor meinen Augen verschwimmen.

Vanda schien Gedanken lesen zu können, denn sie sagte: »Bring die Koffer rein, ich schau mal, ob Nadar zu Hause ist.« Meine Zustimmung wartete sie gar nicht erst ab. Anscheinend ertrug sie es nicht länger, mit mir allein in der Wohnung zu sein. Ich hörte, wie sie die Treppe hinunterging, im ersten Stock stehen blieb und an die Tür unseres Nachbarn klopfte, mit dem wir seit Jahren befreundet waren – der Einzige im Haus, der normalerweise nicht in Urlaub fuhr.

Ich schleppte das Gepäck herein. Angesichts des Chaos in der Wohnung schien dies das einzige Fitzelchen Ordnung zu sein, das einzige, das nicht befleckt war, auch wenn die Koffer in erster Linie Schmutzwäsche enthielten. Ich hörte genau, was meine Frau und der Nachbar sagten. Sie redete aufgeregt auf ihn ein, während Nadar sie hin und wieder mit der leisen Stimme eines distinguierten Herrn unterbrach. Er war pensionierter Richter und einundneunzig Jahre alt, ein äußerst reizender Mann und trotz seines fortgeschrittenen Alters noch völlig klar im Kopf. Ich trat wieder hinaus auf den Treppenabsatz und spähte hinunter. Nadar stützte sich auf einen Stock, ich sah die spärlichen weißen Haarbüschel an seinen Schläfen. Er sprach tröstende Worte in gedrechselten Sätzen und mit der lauten Stimme eines Schwerhörigen. Er versuchte zu helfen, sagte, er habe Lärm gehört, allerdings nicht mitten in der Nacht, sondern eher am Abend. Er habe an ein Gewitter gedacht, in Rom habe es seit gestern ununterbrochen geregnet. Aber er habe mit Sicherheit ein deutliches Miauen gehört, und zwar die ganze Nacht.

»Wo?«, bedrängte ihn meine Frau.

»Im Innenhof.«

Vanda hob den Kopf und sah mich am Ende der Treppe stehen.

»Komm!«, schrie sie. »Nadar hat es im Hof miauen hören.«

Widerwillig folgte ich ihrer Aufforderung. Wäre es nach mir gegangen, hätte ich einfach die Haustür hinter mir zugezogen und wäre zurück ans Meer gefahren. Doch Nadar wollte uns bei der Suche nach Labes helfen, auch wenn ich ihm davon abriet, weil es immer noch regnete. Wir liefen im Hof herum und riefen zu dritt nach dem Kater. Ich konnte mich einfach nicht konzentrieren und dachte: Gott sei Dank hat der Regen sämtliche Blutspuren weggewaschen. Wir werden ihn nicht finden, er hat sich gut versteckt, um in Ruhe zu sterben.

Währenddessen betrachtete ich die schmächtige, gebeugte Gestalt unseres Nachbarn, die rosige Haut, die sich über Stirn und Wangenknochen spannte. Sah meine Zukunft aus wie dieser Mann, vorausgesetzt, ich hatte überhaupt noch so viel Zukunft vor mir? Noch zwanzig Jahre, zwanzig: Vanda und ich, ich und Vanda, manchmal Sandro mit den Kindern und manchmal Anna. Wir mussten die Wohnung aufräumen, sie wieder in Ordnung bringen, statt unsere Zeit mit so was zu verschwenden.

Nadar schlug sich gegen die Stirn. Ihm war etwas Wichtiges eingefallen. »Es wurde oft bei euch geklingelt in letzter Zeit«, sagte er zu mir.

»Von wem denn?«

»Keine Ahnung. Aber ich hab die Gegensprechanlage gehört.«

»Aus unserer Wohnung?«

»Ja.«

»Du hörst unsere Gegensprechanlage, aber die Einbrecher, die unsere Wohnung verwüsten, hörst du nicht?«, scherzte ich.

»Das liegt an meiner Schwerhörigkeit«, verteidigte er sich: Er sei daran gewöhnt, auf die kleinsten Geräusche zu achten, weniger auf Lärm.

»Wie oft wurde denn geklingelt?«

»Fünf oder sechs Mal. Eines Nachmittags hab ich aus dem Fenster geschaut.«

»Und wer war da?«

»Eine junge Frau.«

Da Nadar auch meine Frau als junge Frau bezeichnet, bat ich ihn, sie mir näher zu beschreiben. Er blieb vage.

»Klein, brünett, höchstens dreißig. Sie hat gesagt, dass sie Werbung einwerfen will. Ich hab ihr nicht aufgemacht.«

»Bist du sicher, dass sie bei uns geklingelt hat?«

»Absolut sicher.«

»Und dann?«

»Und dann gestern Abend noch mal.«

»Wieder sie?«

»Keine Ahnung, sie waren zu zweit.«

»Zwei Frauen?«

»Ein Mann und eine Frau.«

Vanda gab mir ein Zeichen, sie stand neben dem Brunnen. Aus ihrem ausgezehrten, sehr blassen Gesicht stachen zwei grüne Augen hervor.

»Da liegt ein toter Vogel«, sagte sie.

Nur ich verstand, was sie damit sagen wollte: Labes ist ein äußerst geschickter Jäger, der alles fängt, was fliegt. Ich ließ Nadar stehen und ging zu ihr. Das weiße Haar klebte ihr regennass am Kopf. »Das hat nichts zu bedeuten«, sagte ich, »geh wieder rein, ich statte dem Polizeirevier einen Besuch ab.« Aber sie schüttelte nur energisch den Kopf und wollte mich lieber begleiten. Unser Nachbar, der sich immer noch mit der Autorität eines Richters gebärdete, als wäre er nicht schon seit zwanzig Jahren in Pension, bestand darauf, uns helfen zu können, und schloss sich uns an.

6.

Mit tropfenden Schirmen sprachen wir beim nächstgelegenen Polizeirevier vor, wo wir von einem jungen, höflichen Mann in Uniform in einem winzigen Büro empfangen wurden. Nadar stellte sich sofort mit vollem Namen vor – Nadar Marossi –, aber vor allem mit seinem Titel: Präsident des Berufungsgerichts. Mit eindrucksvoller Präzision fasste er zusammen, was uns widerfahren war, erzählte dann allerdings im Anschluss von sich und seiner Karriere während der bewegten Zeitläufte des 20. Jahrhunderts. Der junge Polizist hörte ihm zu, als wäre er in den Hades hinabgestiegen, um sich das Geschwätz der Toten anzuhören.

Ich versuchte mehrfach, Nadar zu unterbrechen, das Gespräch wieder auf den Zustand unserer Wohnung zu bringen, aber als es mir gelang, konnte ich einfach nicht anders: Der Geltungsdrang unseres Nachbarn ging mir auf die Nerven, und ich wollte dem jungen Mann klarmachen, dass auch ich nicht einfach irgendwer war. Daher nannte ich dem Polizisten meinen Namen bestimmt zwei, drei Mal – Aldo Minori, Aldo Minori, Aldo Minori –, um zu sehen, ob er ihm etwas sagte. Ich ertappte mich dabei, wie ich dem jungen Mann, da er nicht reagierte, von einer Fernsehsendung aus den Achtzigern erzählte, die ich fast im Alleingang konzipiert und die mir eine ziemliche Bekanntheit verschafft hatte. Aber der Polizist, der damals noch gar nicht geboren oder zumindest noch sehr jung gewesen war, hatte noch nie etwas von dieser Sendung, geschweige denn von mir gehört. Er lächelte verlegen und sagte mit einer Autorität, die Nadar und mir schon seit Längerem fehlte, geduldig: »Zurück zu uns.«

Das war mir unglaublich peinlich, normalerweise weiß ich vorher genau, was ich sagen will und mache keine unnötigen Worte. Ich sagte, die Einbrecher hätten unsere gesamte Wohnung verwüstet. Doch dann gingen erneut die Pferde mit mir durch, und ich erzählte wirr von der Paketbotin, die fünf Euro zu viel verlangt, und von dem Mann, der mich vor einer Woche direkt vor unserer Haustür übers Ohr gehauen hatte. Damit nicht genug: Ich brachte Nadar selbst wieder ins Spiel und drängte ihn, von der jungen Frau zu berichten, die letzte Woche mehrmals bei uns geläutet hatte, von dem Paar, das ausgerechnet am Vorabend aufgetaucht war. Der ergriff nur zu gern das Wort und erwähnte jedes einzelne Klingeln, nicht ohne Unmengen von überflüssigen Details zu schildern. Er verstummte erst wieder, als die Tür hinter uns aufging. Noch bevor wir drei uns umdrehen konnten, gab jemand dem Polizisten ein Zeichen. Der junge Mann brach in lautes Gelächter aus, riss sich nur mit Mühe zusammen und murmelte eine Entschuldigung. Schließlich fragte er: »Was ist Ihnen denn gestohlen worden?«

»Was uns gestohlen worden ist?«, wiederholte ich und wandte mich an meine Frau. Sie, die bis dahin nur geschwiegen hatte, murmelte: »Nichts.«

»Goldschmuck?«, fragte der Polizist.

»Ich hab nur diese Ohrringe, die trage ich ständig.«

»Anderen Schmuck besitzen Sie nicht?«

»Eine Perlenkette von meiner Mutter, aber die haben sie nicht gefunden.«

»War sie gut versteckt?«

»Nein.«

Ich schaltete mich wieder ein: »Die Einbrecher haben das

Unterste zuoberst gekehrt, aber ohne jeden Sinn und Verstand. Sie haben nicht mal die fünfzig Euro gefunden, die meine Frau im Küchenschrank versteckt hat. Sie schwammen in Spülmittel, das absichtlich verschüttet worden ist.«

Der junge Mann verzog verächtlich das Gesicht und wandte sich dann vor allem an Nadar. »Das sind Zigeuner«, sagte er. »Jungs, die durch Fenster und Balkontüren einsteigen, Möbel vor die Tür schieben, falls die Besitzer unerwartet nach Hause kommen, und dann alles durchwühlen: Sie suchen nach Goldschmuck, meine Herrschaften, und wenn sie nichts finden, rächen sie sich, indem sie alles zertrümmern.« Ich erklärte ihm, dass keine Möbel vor die Tür geschoben worden seien, die Tür habe nur wegen einiger Scherben geklemmt. Dann fügte ich noch hinzu: »Vielleicht sollten Sie mal jemanden vorbeischicken? Wer weiß, vielleicht haben die ja Fingerabdrücke hinterlassen.« Da wurde der Polizist langsam ungeduldig. Mit den wohlgesetzten Worten eines gebildeten jungen Mannes erklärte er nachdrücklich, dass das in Fernsehkrimis zwar so sei, in der Wirklichkeit aber nicht: Solche Dinge passierten ständig, wir könnten froh sein, dass man uns nicht im Schlaf ermordet hatte. Die Regierung spare am Personal, so der Polizist, und verstärke stattdessen die Armee, was in Zeiten wachsender Armut die Sicherheit der Bürger gefährde, vielleicht sogar die Demokratie. Er gab uns zu verstehen, dass unsere frühere Tätigkeit als Richter beziehungsweise Fernsehmoderator nur beweise, dass es ein Stück weit auch unsere Schuld sei, wenn wir heute in einer so schlimmen Welt lebten. Dann riet er uns, Gitter vor den Fenstern anbringen und eine Alarmanlage installieren zu lassen, die jeden Einbruch sofort dem nächstgelegenen Revier meldet.

Dann fügte er noch mit unverhohlener Ironie hinzu: »Auch wenn ich nicht weiß, was Ihnen das bringen soll, schließlich gibt es bei Ihnen nichts zu holen.«

Meine Frau rutschte nervös auf ihrem Stuhl hin und her: »Unser Kater ist verschwunden.«

»Aha.«

»Und wenn sie ihn entführt haben?«

»Wozu?«

»Keine Ahnung, um Lösegeld zu fordern?«

Der Polizist lächelte sie mit einer Warmherzigkeit an, die er mir und Nadar gegenüber nicht an den Tag gelegt hatte. »Nichts ist unmöglich, Signora Minori«, sagte er, »aber jetzt gehen Sie nicht gleich vom Schlimmsten aus, sondern denken Sie positiv: Das ist eine gute Gelegenheit, die Wohnung neu einzurichten, sich von überflüssigem Ballast zu trennen und Wertgegenstände wiederzufinden, von denen Sie gar nicht mehr wissen, dass Sie sie überhaupt besitzen. Und was den Kater anbelangt: Vielleicht hat er die Gelegenheit genutzt, um auf Brautschau zu gehen?«

Ich musste lachen, Nadar ebenfalls.

Bloß Vanda verzog keine Miene.

7.

Als wir nach Hause kamen, hatte es aufgehört zu regnen. Nur mit Mühe wurden wir unseren Nachbarn los, der noch mit nach oben kommen wollte, um sich höchstpersönlich ein Bild vom Ausmaß der Zerstörung zu machen. »Was für ein seniler Idiot«, ereiferte sich meine Frau, »er hat den Polizisten mit seiner Angeberei genervt, und du warst auch nicht viel besser.« Ich sagte nichts darauf, musste deprimiert zugeben, dass sie recht hatte. Ich half ihr, wenigstens die Küche etwas aufzuräumen, doch sie schickte mich bald fort, weil ich ihr nur im Weg stand. Ich trat auf den Balkon vor meinem Arbeitszimmer, in der Hoffnung, dass sich die Luft durch den vielen Regen etwas abgekühlt hatte, aber es war nach wie vor schwül, und es fielen widerlich schmutzige Tropfen, die nasse Flecken auf Hemd und Haaren hinterließen.

Vanda rief zum Abendessen, vielleicht ein bisschen zu sehr im Befehlston. Wir redeten nicht viel. Irgendwann kam sie wieder auf ihren Plan zurück, mit den Kindern zu telefonieren, und ich wandte ein, dass deren Leben auch so schon kompliziert genug sei und wir sie doch wenigstens im Urlaub in Frieden lassen sollten. Sandro sei bestimmt gerade erst bei seinen Schwiegereltern in der Provence angekommen und Anna vermutlich mit irgendeinem neuen Freund auf Kreta. »Stören wir sie nicht«, sagte ich in dem Versuch, die beiden zu schützen, aber sie bestand darauf, ihnen eine SMS zu schicken. So was wie: »Bei uns wurde eingebrochen, und jetzt können wir Labes nicht mehr finden.«

Anna reagierte sofort, kurz und knapp wie immer: »Ach Gott, ihr Armen, tut mir leid, nehmt es euch nicht zu sehr zu Herzen«; während sich Sandro, ebenfalls wie immer, erst eine Stunde später mit einem wohlformulierten Text zurückmeldete. Er war wie vereinbart am Vorabend bei uns zu Hause gewesen, von neun bis halb zehn. Er drängte uns, der Polizei zu sagen, dass die Wohnung zu diesem Zeitpunkt noch völlig in Ordnung gewesen sei und sich Labes bester Gesundheit erfreut habe. Er schloss mit sehr liebevollen Worten und riet uns, wenigstens die erste Nacht im Hotel zu schlafen.

Vanda fand die Nachrichten der Kinder tröstlicher als meine Anwesenheit, die sie zunehmend zu irritieren schien. Nach dem Abendessen begannen wir, im Schlafzimmer Ordnung zu machen, und auf einmal fiel mir die Anekdote mit dem Taxifahrer und ihre Reaktion darauf wieder ein. Da überkam mich die Angst, sie könnte jetzt, wo nichts mehr an Ort und Stelle war, in dem Chaos auf etwas von mir stoßen, das sie betrüben oder verletzen würde. Kaum war das Bett wieder benutzbar, überredete ich sie, sich hinzulegen.

»Und du?«

»Ich kümmere mich ein wenig ums Wohnzimmer.«

»Mach keinen Krach.«

Als Erstes sah ich nach, ob der schwere Metallwürfel, den ich vor einigen Jahrzehnten in Prag gekauft hatte, noch an seinem Platz oben auf dem Arbeitszimmerregal lag. Es war derselbe, den die junge Frau mit dem Elektrostimulator so bewundert hatte, ein blau lackiertes Ding mit einer Kantenlänge von zwanzig Zentimetern. Vanda hatte er noch nie gefallen, doch ich hing sehr an ihm. Als wir in diese Wohnung gezogen waren, hatte ich nach langer Diskussion für einen Platz ganz weit oben gesorgt, zwischen weiteren Dekoobjekten, die wir nicht besonders mochten. Als täte ich meiner Frau damit einen Gefallen, hatte ich ihn ganz nach hinten geschoben, damit man ihn von unten kaum oder gar nicht sah. In Wahrheit sollte sie ihn mit der Zeit vergessen. Vanda wusste nicht, dass man nur mittig auf eine der Seiten drücken musste, damit sich diese wie eine Tür öffnete. Und natürlich auch nicht, dass mich genau das dazu gebracht hatte, den Würfel überhaupt erst zu kaufen. Ich wollte meine Geheimnisse darin aufbewahren. Erleichtert merkte ich, dass er zwar gefährlich weit vorstand, aber immer noch an seinem Platz war.

8.

Sorgfältig schloss ich die Türen, die Wohn- und Arbeitszimmer vom Schlafzimmer trennten. Vom Balkon drang endlich frische Luft herein, die nach Regen und Basilikum duftete. Jetzt, wo Vanda schlief und ich mich nicht mehr gezwungen fühlte, diese Gelassenheit auszustrahlen, gewann die Angst rasch die Oberhand. Seit Neuestem wurde jede noch so kleine Beunruhigung zur Obsession, nistete sich ein, nahm enorme Ausmaße an und ließ sich auch nicht mehr verdrängen. Diesmal waren der Mann, der mich um hundert Euro erleichtert, und die junge Frau, die mir fünf Euro abgeluchst hatte, an der Reihe. Plötzlich kam mir der Gedanke, die beiden könnten sich abgesprochen und den Einbruch in meine Wohnung geplant oder meine Adresse einfach an Einbrecher weiterverkauft haben. Eine These, die mir immer wahrscheinlicher vorkam, und schon bald hatte das Paar, das laut Nadar bei mir geklingelt hatte, ihre Gesichter. Ich stellte mir vor, wie enttäuscht sie von ihrer Ausbeute gewesen waren. Vielleicht planten sie ja, echte Profis zu schicken oder noch mal zurückzukehren. Ich ging nicht ins Bett, sondern beschloss, zu warten und ihnen selbstbewusst entgegenzutreten.

Ich und ihnen entgegentreten? Ja wie denn? Was hatte ich ihnen schon entgegenzusetzen?

Seit einiger Zeit spürte ich das Alter. Ich hatte schmerzlich erfahren müssen, dass ich versehentlich gern zwei Stufen statt einer nahm und dann stürzte, dass ich schlechter hörte als Nadar und mich in Notsituationen nicht mehr auf die Reaktionsfähigkeit meines Körpers verlassen konnte. Aber das war noch längst nicht alles: So war ich beispielsweise fest davon überzeugt, gerade erst ein Medikament eingenommen, das Gas oder Wasser abgedreht zu haben, obwohl ich mir das alles nur einbildete. Ich verwechselte einen Traumfetzen von vor langer Zeit mit Dingen, die tatsächlich vorgefallen waren. Immer öfter kam es vor, dass ich beim Lesen über Worte stolperte – so wie neulich, als ich an der Haustür vor einem Aushang in Großbuchstaben gestutzt hatte. Mir war, als stünde da »Neue Öffnungszeiten Anwaltskanzlei: Freitod 10:00–12:30«, dabei stand da »Neue Öffnungszeiten Anwaltskanzlei: Freitag 10:00–12:30«. Die letzten Tage hatten gezeigt, dass andere meine nachlassenden Kräfte genauer wahrnahmen als ich und das weidlich ausnutzten. Deshalb kam ich mir lächerlich vor. Doch dann sagte ich mir: Du bist alt, du siehst Gespenster, räum ein bisschen auf und leg dich schlafen.

Aber ich wusste gar nicht, wo ich anfangen sollte. Ich musterte mein Arbeitszimmer und auch das Wohnzimmer. Irgendwann beschloss ich, alles, was reif für den Müll war, in den Flur zu tragen. Ich kontrollierte beide Computer, die wie durch ein Wunder heil geblieben waren, während verschiedenste Geräte zur Wiedergabe von Musik oder Filmen nicht mehr funktionierten. Mit dem Besen fegte ich alles, was auf dem Boden verstreut war, an die Ränder der beiden Zimmer: Bücher, kaputte Vasen und Nippesfiguren, alte Fotos, alte Videokassetten, Schallplatten, Vandas unzählige Notizblöcke, ihre CDs und DVDs, Unterlagen, Urkunden, sprich alles, was die Einbrecher oben von der Galerie, aus den Schubladen und Regalen geworfen hatten.

Es war eine wirklich mühsame Aufgabe, doch irgendwann betrachtete ich wohlwollend die nun ansatzweise aufgeräumten Bereiche und beschloss, in meinem Arbeitszimmer Ordnung zu machen. Ich setzte mich, nicht ohne zu stöhnen, auf den Fußboden und räumte Scherben zu Scherben, Bücher zu Büchern, Papier zu Papier … Anfangs war ich noch mit Feuereifer bei der Sache. Es tat mir in der Seele weh, dass nicht wenige Bände zerrissen, ohne Einband und völlig zerfleddert waren. Egal, ich machte weiter und legte die noch gut erhaltenen Bücher auf die eine und die kaputten auf die andere Seite. Doch dann beging ich den Fehler, in einem zu blättern, was damit endete, dass ich unwillkürlich die Passagen las, die ich irgendwann vor langer Zeit unterstrichen hatte. Ich wurde neugierig. Warum hatte ich bestimmte Worte hervorgehoben? Was hatte mich dazu gebracht, Ausrufezeichen neben einen Satz zu malen, der mir jetzt, bei erneuter Lektüre, bedeutungslos vorkam? Ich vergaß, dass ich eigentlich aufräumen wollte, damit sich Vanda beim Aufwachen nicht neu aufregte. Ich vergaß, dass ich hier war, weil ich nicht schlafen konnte, weil mir heiß war, weil ich mich nicht mehr sicher fühlte, weil ich Angst hatte, die Einbrecher könnten zurückkommen, uns bedrohen, ans Bett fesseln und schlagen. Stattdessen nahmen mich meine Unterstreichungen voll und ganz gefangen. Ich las komplette Seiten noch mal, versuchte zu ergründen, in welchem Jahr ich mich mit diesem oder jenem Buch beschäftigt hatte (1958, 1960, 1962, vor unserer Hochzeit oder danach?), hinterfragte weniger die Position der Autoren – in der Regel Namen, die längst in Vergessenheit geraten waren, überkommene Texte und Ideen, die im Kulturbereich inzwischen als völlig veraltet galten –, sondern eher meine eigene. Das, was ich einst für richtig gehalten hatte, meine Überzeugungen und Vorstellungen, meine sich entfaltende Persönlichkeit.

Es wurde immer später und stiller. Natürlich gelang es mir nicht, mich auch nur in einer dieser Unterstreichungen wiederzuerkennen, in einem der Ausrufezeichen. (Was wird nur aus all den schönen Sätzen, die wir in uns aufnehmen, wieso berühren sie uns, und wie kann es sein, dass sie plötzlich jede Bedeutung verlieren, nicht mehr wiederzuerkennen oder einfach nur peinlich oder lächerlich sind?) Irgendwann ließ ich die Bücher links liegen. Stattdessen räumte ich Blätter, Zettel, Karteikarten mit Literaturlisten, Hefte, gefüllt mit Romanen und Erzählungen, die ich noch vor meinem zwanzigsten Geburtstag geschrieben hatte, unzählige Zeitungsausschnitte mit Artikeln, die ich veröffentlich hatte oder in denen ich erwähnt wurde, in Kisten und Ordner. Zu diesen Bergen von Unterlagen legte ich Tonbandmitschnitte von Radiosendungen, Kassetten und DVDs, die mich auf dem Höhepunkt meiner Fernsehkarriere zeigten – alles Dinge, die Vanda eifrig gesammelt hatte, ohne sich jedoch näher für das, was ich tat, zu interessieren. Es gelang mir, einige Unterlagen zu retten, die zeigten, womit ich den Großteil meines Lebens verbracht hatte. War ich dieses Material? Diese Unterstreichungen in den von mir gelesenen Büchern, die Karteikarten voller Buchtitel und Zitate? (Zum Beispiel dieses hier: »Unsere Städte sind Vermehranstalten für Vieh; die Familien, Schulen und Kirchen sind Schlachthöfe für unsere

Kinder; die Seminare und Universitäten sind die Küchen. Als Erwachsene, Verheiratete oder Geschäftsleute konsumieren wir das Endprodukt.« Oder: »Wenn die Liebe in unser Leben tritt, unterwandert sie jede noch so bürgerliche Ordnung.«) War ich der dicke, langatmige Roman, den ich mit zwanzig geschrieben hatte? Über einen jungen Mann, der gezwungen ist, Tag und Nacht zu schuften, um sich in Gold aufwiegen zu lassen, damit er sich endgültig von seinem Vater und seiner Herkunftsfamilie befreien kann? War ich die Zeitungsnotiz über den Tarifvertrag der Chemiearbeiter, die ich Mitte der Siebziger verfasst hatte? War ich die Artikel über das Parteiprogramm, die Rezensionen von Büchern, die den Arbeitsalltag der Fließbandarbeiter beschrieben, die kleinen unterhaltsamen Glossen über das Leben in der Großstadt – über den Verkehr, die nervtötenden Schlangen vor der Bank oder dem Postamt? War ich die ironischen Kolumnen, die mir einen gewissen Ruhm verschafft und mich nach und nach zu einem durchaus erfolgreichen Fernsehautor gemacht hatten? War ich die nachdenklichen Interviews, die ich diesem oder jenem gegeben hatte, die positive oder negative Besprechung von Hinz oder Kunz, das, was ich mir in den Achtzigern und Neunzigern fürs Fernsehen ausgedacht hatte? War ich die herumhampelnde Gestalt am Rande einer stilisierten Terrasse, unter Scheinwerfern, die Tageslicht simulierten? War ich meine Stimme vor dreißig Jahren, munter plaudernd, warmherzig, arrogant? Ich musste wieder daran denken, wie sehr ich dafür geschuftet hatte, die Sechzigerjahre hinter mir zu lassen. Welche Anstrengungen ich unternommen hatte, um mich »selbst zu verwirklichen«, wie es so schön heißt. War das Selbstverwirklichung? Diese über

Jahrzehnte hinweg angesammelten Berge von handschriftlichen und gedruckten Notizen, diese Unterstreichungen, Karteikarten, Zettel, Zeitungsausschnitte, Disketten, USB-Sticks, Hard Disks und Cloud-Speicher? War das meine Selbstverwirklichung, mein verwirklichtes Selbst: sprich dieses Chaos, das – wenn ich nur Aldo Minori eingab – weit über mein Wohnzimmer hinausreichte, nämlich bis in die Archive von Google hinein?

Ich riss mich zusammen. Schluss mit dem Lesen oder Überfliegen von Text! Stattdessen sortierte ich weiter. Ich räumte Vandas unzählige Notizblöcke in ihre Pappkartons zurück: Zahlenkolonne um Zahlenkolonne, unser Familieneinkommen von 1962 bis heute, karierte Blätter, auf denen sie die Geldein- und -ausgänge lückenlos festgehalten hatte, und die wir, falls sie damit einverstanden war, vielleicht endlich wegwerfen konnten. In der Zimmermitte stapelte ich die Bücher auf, von denen ich mich trennen musste, anschließend stellte ich die gut erhaltenen unsortiert in die nicht zerstörten Regale zurück. Auf den Tisch kamen die Ordner mit den Zeitungsausschnitten, die Kartons mit den Notizheften, Videokassetten oder DVDs. Ich gab sämtliche Scherben, die ich zusammenfegen konnte, in einen Müllsack. Der riss an mehreren Stellen, sodass ich ihn in einen anderen steckte. Irgendwann hob ich auch die Fotos auf, Bilder aus längst vergangenen Zeiten direkt neben Aufnahmen neueren Datums.

Ich hatte mir diese alten Fotos schon lang nicht mehr angesehen, hielt sie für hässlich und uninteressant. Inzwischen war ich an Digitalfotos gewöhnt, Vanda und ich speicherten Unmengen davon auf unseren Computern: Bilder über Bilder von Bergen, Feldern, Schmetterlingen, knospenden oder blühenden Rosen, von Meeren, Städten, Sehenswürdigkeiten, von Gemälden, Skulpturen und von Verwandten, Ex-Schwiegertöchtern und Ex-Schwiegersöhnen, von neuen Lebensgefährten der Kinder, von unseren Enkeln in jeder Phase ihres Heranwachsens und von den mit unseren Enkeln befreundeten Kindern. Mit anderen Worten vom Leben, das noch nie so ausführlich dokumentiert worden ist wie heute. Gegenwart, vollendete Gegenwart – doch die Vergangenheit ließ ich lieber ruhen.

Ich vermied es, mich anzuschauen – jetzt, wo ich alt bin, gefalle ich mir nicht mehr, habe mir aber auch schon als junger Mann nicht gefallen. Stattdessen betrachtete ich Kinderfotos von Sandro und Anna. Wie schön sie damals waren! Ich sah ihre ersten Freunde und Freundinnen wieder, jung und sympathisch, wenn auch nichts von Dauer. Ich entdeckte längst vergessene Freunde von Vanda und mir wieder, Leute, die wir häufig getroffen hatten, nur um mich jetzt nicht mal mehr an ihre Namen erinnern zu können oder sie stur beim Nachnamen zu nennen. Bei einem Foto verharrte ich länger. Es war in unserem Innenhof aufgenommen worden, vermutlich von Sandro. Damals waren wir gerade erst eingezogen. Neben Vanda und mir war auch Nadar zu sehen, der zu diesem Zeitpunkt – wie ich kurz nachrechnete – über sechzig gewesen sein musste. Aber im Vergleich zu heute wirkte er jung. Wie sehr man sich doch auch noch in fortgeschrittenem Alter verändert!, dachte ich und musterte ihn kurz. Auf diesem Foto war unser Nachbar groß, gut aussehend und hatte noch viele Haare auf dem Kopf. Ich wollte das Foto gerade beiseitelegen, als mich Vanda innehalten ließ. Für den Bruchteil einer Sekunde hatte ich das Gefühl, sie nicht wiederzuerkennen, und staunte. Wie alt sie wohl damals war? Fünfzig, fünfundvierzig? Ich betrachtete andere Fotos von ihr, vor allem Schwarz-Weiß-Fotos. Das Gefühl, eine Fremde vor mir zu haben, verfestigte sich. Ich hatte sie 1960 kennengelernt. Damals war ich zwanzig und sie zweiundzwanzig gewesen. An diese Zeit erinnerte ich mich kaum noch. Ich wusste nicht mehr, ob ich sie jemals schön gefunden hatte, damals fand ich Schönheit vulgär. Sagen wir mal so, sie hatte mir gefallen, ich fand sie liebenswert und begehrte sie im normalen Rahmen. Sie war eine hochintelligente, hellwache junge Frau. Und deshalb hatte ich mich auch in sie verliebt – nicht zuletzt, weil ich es einfach unglaublich fand, dass sie sich trotz so vieler Vorzüge in mich verliebt hatte. Zwei Jahre später waren wir verheiratet, und sie war die gestrenge Herrscherin über unseren Alltag. Einen Alltag, der aus Studium und Gelegenheitsjobs bestand: immer zu wenig Geld, ständig sparen müssen.

Ich erkannte aus dieser Zeit vieles wieder: Sie trug ärmliche, selbst genähte Kleider, zerschrammte Schuhe mit schiefen Absätzen, und ihre großen Augen waren ungeschminkt. Woran ich mich jedoch nicht erinnerte, war ihre Jugend. Das war es also, was mir so seltsam vorkam: ihre Jugend. Auf diesen Fotos besaß Vanda ein Strahlen, das ich – wie ich feststellte – überhaupt nicht mehr in Erinnerung hatte, nicht so, dass ich hätte sagen können: Ja, genau so ist sie gewesen. Ich dachte an den Menschen, der jetzt nebenan im Schlafzimmer lag, den Menschen, der seit fünfzig Jahren meine Frau war. Ich konnte nicht glauben, dass sie wirklich so gewesen war wie jetzt auf diesen Bildern. Warum? Hatte ich sie seit unserem ersten Treffen nie richtig angeschaut? Wie viel von ihr hatte ich bloß flüchtig aus den Augenwinkeln wahrgenommen, ohne es wirklich zu sehen? Ich suchte alle Fotos von ihr heraus, die sie zwischen 1960 und 1974 zeigten, und hielt bei dem für uns so wichtigen Jahr inne: Damals hatte man noch nicht so viel fotografiert. Sie zeigten eine Frau, die bis vierzig attraktiv, ja vielleicht sogar schön gewesen war. Ich musterte ein rotstichiges Farbfoto, auf dessen Rückseite mit Bleistift das Jahr 1973 vermerkt worden war. Es zeigte Vanda, den damals achtjährigen Sandro und die vierjährige Anna. Die Kinder machten einen glücklichen Eindruck, sie klammerten sich an ihre Mutter, die ihrerseits zufrieden wirkte, und alle drei strahlten mich an, während ich sie fotografierte. Ihr fröhlicher Blick bezeugte meine Anwesenheit, bewies, dass ich in diesem Moment ebenfalls zugegen gewesen war. Und trotzdem erkannte ich erst jetzt, dass meine Frau eine Lebensfreude versprühte, die sie umwerfend aussehen ließ. Hastig verstaute ich die Fotos in mehreren Metallkisten. All das war mir vor lauter Zerstreutheit entgangen. Hatte ich Vanda nie richtig beachtet? Andererseits – was sollte diese Frage eigentlich? Jetzt ließ sich das schließlich nicht mehr überprüfen. Im Schlafzimmer waren nur noch ihre grünen Augen unter den schweren Lidern noch dieselben wie vor fünf Jahrzehnten.

Ich erhob mich mühsam und schaute auf die Uhr. Es war zehn nach drei, und ich hörte den Gesang eines einsamen Nachtvogels. Ich schloss das Fenster, ließ die Rollläden herunter und schaute mich ein letztes Mal im Arbeitszimmer um. Es gab noch viel zu tun, aber es sah längst nicht mehr so schlimm aus. Ich wollte gerade ins Bett gehen, als ich eine große Blumenvasenscherbe entdeckte, die ich übersehen hatte. Ich hob sie auf und fand darunter einen gelben, ziemlich dicken Umschlag, der mit einem Gummiband gesichert war. Ich erkannte ihn sofort wieder, obwohl ich schon seit Jahrzehnten nicht mehr an ihn gedacht und ihn sonst wo vergraben hatte, um eben nicht mehr an ihn denken zu müssen. Er enthielt die Briefe, die Vanda mir zwischen 1974 und 1978 geschrieben hatte.

Ich empfand Ärger, Verlegenheit und Mitleid und wollte den Umschlag gleich wieder verstecken, bevor meine Frau aufwachte. Oder ihn zu den auszumistenden Unterlagen werfen und sofort zur Mülltonne gehen. Die Briefe bewahrten einen so heftigen Schmerz, dass er, wenn er entkäme, weit über mein Arbeitszimmer hinausschwappen, das Wohnzimmer überfluten, bis hinter die geschlossenen Türen vordringen und sich Vandas erneut bemächtigen würde, um sie anschließend wach zu rütteln, aus dem Schlaf zu reißen, zu Geschrei und lautem Krakeelen zu veranlassen. Aber ich versteckte den Umschlag nicht und gab ihn auch nicht zum Müll. Wie erdrückt von etwas, das auf einmal wieder schwer auf mir lastete, setzte ich mich auf den Boden. Ich zog das Gummiband ab und las nach fast vierzig Jahren noch einmal einige der vergilbten Blätter, wenn auch nicht in der richtigen Reihenfolge: zehn Zeilen da und fünfzehn dort.

ZWEITES KAPITEL

1.

»Falls du's vergessen haben solltest, mein Lieber, muss ich dich eben daran erinnern: Ich bin deine Frau.«

Es waren diese Worte, die mir in jener Nacht zuerst ins Auge stachen und mich in die Zeit zurückversetzten, als ich gerade von zu Hause ausgezogen war, weil ich mich in eine andere verliebt hatte. Im Briefkopf stand das Datum: 30. April 1974 – lang, lang ist's her! Ein warmer Vormittag, in Neapel, in der bescheidenen Wohnung von damals. Und ich war verliebt. Vielleicht wäre es besser gewesen zu sagen: »Vanda, ich habe mich verliebt.« Stattdessen formulierte ich es deutlich brutaler, wenn auch im Nachhinein längst nicht eindeutig genug.

Die Wohnung war von den nervösen Schatten der Kinder befreit. Sandro war in der Schule, Anna im Kindergarten. »Vanda, ich muss dir etwas beichten«, sagte ich. »Ich war bei einer anderen.« Sie starrte mich entsetzt an, und sogar ich erschrak über meine Worte. »Ich hätte es vor dir verheimlichen können«, murmelte ich, »aber ich möchte dir lieber die Wahrheit sagen. Tut mir leid«, schickte ich noch hinterher, »aber so ist es nun mal. Es ist armselig, sein Verlangen zu unterdrücken.«

Vanda beschimpfte mich, weinte, trommelte mit geballten Fäusten gegen meine Brust, entschuldigte sich, nur um sich dann erneut aufzuregen. Natürlich hatte ich damit gerechnet, dass ihr das nicht gefallen würde, aber diese heftige Reaktion erstaunte mich doch. Sie war eine verträgliche, vernünftige Person, deshalb konnte ich auch nicht verstehen, warum sie so lange brauchte, bis sie sich wieder beruhigt hatte. Dass sich die Institution der Ehe in einer Krise befand, dass die »Familie« dem Untergang geweiht war und Treue bloß was für Spießer, war ihr egal. Sie wollte, dass unsere Ehe die seltene Ausnahme war, dass sie sich unverwüstlicher Gesundheit erfreute und wir einander immer treu blieben. Deshalb verzweifelte sie, verlangte, dass ich ihr sofort sagte, mit welcher Frau ich sie betrogen habe. »Betrogen, jawohl!«, schrie sie, am Boden zerstört und irgendwann in Tränen aufgelöst.

Noch am selben Abend versuchte ich ihr mit sorgsam gewählten Worten zu erklären, dass das kein Betrug sei, dass ich sie sehr schätze, dass der wahre Betrug vielmehr darin bestehe, den eigenen Instinkt, die eigenen Bedürfnisse, den eigenen Körper und sich selbst zu betrügen. »Alles nur Geschwätz!«, kreischte sie, riss sich dann aber gleich wieder zusammen, um die Kinder nicht zu wecken. Wir stritten die ganze Nacht mit gedämpften Stimmen, und ihr tonloser Schmerz – ein Schmerz, der ihre Augen riesengroß werden ließ und ihre Züge verzerrte – ängstigte mich mehr, als wenn sie ihn herausgeschrien hätte. Er ängstigte mich, berührte mich aber nicht, ihr Leid ging mir nicht wirklich nahe. Ich war wie in einem Rausch, der mich einhüllte wie ein Schutzpanzer. Ich ruderte zurück, schindete Zeit, sagte, mir sei wichtig, dass sie mich verstehe, dass wir beide Zeit zum Nachdenken bräuchten, dass ich durcheinander sei und sie mir helfen müsse. Dann verschwand ich und kam tagelang nicht mehr nach Hause.

2.

Keine Ahnung, was ich mir dabei gedacht habe – nichts Besonderes vermutlich. Ich hegte keinerlei Abneigung oder Groll gegen meine Frau, ich hatte sie gern. Es war herrlich abenteuerlich gewesen, zu heiraten, obwohl ich damals fast noch ein Kind war, ohne abgeschlossenes Studium und ohne jede Arbeit. Ich bildete mir ein, damit meinem autoritären Vater zu entrinnen, mein Schicksal endlich selbst in die Hand zu nehmen. Ein durchaus riskantes Unterfangen, denn unser Einkommen war verschwindend gering, und manchmal wurde mir mulmig zumute. Aber die ersten Jahre waren schön, wir waren frisch verliebt und rebellierten gegen die herrschenden Regeln. Doch irgendwann wich das Abenteuer langsam, aber sicher dem Alltag, der von den Bedürfnissen der Kinder bestimmt wurde. Zumal die Umstände, unter denen ich mich als Ehemann und Vater versuchte, sich abrupt änderten: Auf einmal schien alles um mich herum dem Untergang geweiht, eine Seuche machte sich in sämtlichen Institutionen breit, in erster Linie jedoch an der Universität, wo ich eine Stelle ohne jede Zukunftsperspektive angetreten hatte. Verheiratet zu sein und schon früh Familie zu haben war nicht länger ein

Zeichen für Selbst-, sondern vielmehr für Rückständigkeit. Mit nicht einmal dreißig fühlte ich mich alt und gehörte gegen meinen Willen zu einer Welt und einem Lebensstil, die in meinem politischen und kulturellen Umfeld als überholt galten. So kam es, dass ich, trotz des guten Verhältnisses zu meiner Frau und den zwei Kindern, schnell der Faszination jener Lebensentwürfe erlag, die mit traditionellen Bindungen kurzen Prozess machen wollten. Eines Tages ließ ich mir unter dem Vorwand, mein Ringfinger sei dicker geworden, den Ehering durchsägen. Vanda war sehr enttäuscht und wartete darauf, dass ich Anstalten machte, ihn wieder anzulegen. Doch ich unternahm nichts dergleichen, während sie ihren weiterhin trug.

Gut möglich, dass mein Verhältnis zu Lidia (die sich gerade für ein angesagtes Betriebswirtschaftsstudium eingeschrieben hatte, während ich Assistent ohne jede Karriereaussicht bei den Altgriechen war) durch dieses Klima begünstigt wurde. Auf sie zu verzichten, nur um meiner Frau und den Kindern gerecht zu werden, hätte ich mit Sicherheit als Anachronismus empfunden. Und heimliche Treffen wie bei einer klassischen Affäre waren aus meiner Sicht nicht mehr zeitgemäß. Lidia war noch keine zwanzig und hatte bereits einen Job und eine Wohnung in einer netten Straße, in der es immer gut roch. Ich hatte das Bedürfnis, in jeder freien Minute bei ihr zu klingeln, mit ihr spazieren, ins Theater oder ins Kino zu gehen, was mich dazu brachte, Vanda gegenüber schon bald mit offenen Karten zu spielen. Allerdings glaubte ich nicht daran, dass mein Verlangen von Dauer sein, ich diese junge Frau für immer begehren würde. Stattdessen war ich mir sogar ziemlich sicher, dass ihre Anziehungskraft bald nachlassen und Lidia von sich aus

Schluss machen würde, um wieder zu dem jungen Mann zurückzukehren, mit dem sie ein paar Monate zusammen gewesen war. Vielleicht würde sie sich auch einem anderen Gleichaltrigen, ungebunden und ohne Kinder, zuwenden. Als ich Vanda über mein Verhältnis informierte, wollte ich es eigentlich nur problemlos und ohne irgendwelche Ausflüchte ausleben können, bis es sich irgendwann von selbst erledigt hätte. Als ich also daher nach dieser ersten Auseinandersetzung die gemeinsame Wohnung verließ, zweifelte ich nicht im Geringsten daran, dass ich schon bald zurückkehren würde. Diese Beziehungspause sollte nicht zuletzt auch die Beziehung zu meiner Frau wiederbeleben, sicherstellen, dass uns weitaus mehr verband als nur der gemeinsame Alltag. Vielleicht war das sogar der eigentliche Grund, warum ich die Formulierung »Ich war bei einer anderen« wählte statt »Ich habe mich in eine andere verliebt«.

»Sich verlieben« klang damals fast schon lächerlich, nach einem Überbleibsel aus dem neunzehnten Jahrhundert, und stand für die gefährliche Neigung, aneinander zu kleben. Wenn es dazu kam, musste sie sofort bekämpft werden, um den Partner nicht einzuengen. »Bei einer anderen sein« klang zunehmend vertretbar – egal ob man nun verheiratet war oder nicht. »Ich war bei einer anderen«, »Ich bin bei einer anderen gewesen«, »Ich bin bei einer anderen« waren Sätze, aus denen nicht Schuld, sondern Freiheit sprach. Natürlich war mir klar, dass eine Ehefrau so was als grausam empfinden kann, vor allem jemand wie Vanda, der wie ich mit der Vorstellung aufgewachsen ist, dass man sich in jemanden verliebt und dann den Rest seines Lebens mit diesem Menschen verbringt. Aber aus meiner Sicht musste sie einfach akzeptieren, dass solche Dinge eben passieren. Dass sie passiert waren und nach meiner Rückkehr vielleicht wieder passieren konnten. In der Hoffnung, dass Vanda Verständnis dafür haben, sich an den veränderten Zeitgeist anpassen und mir keine weiteren Szenen machen würde, verbrachte ich eine wunderbare, ja zunehmend bessere Zeit mit Lidia.

Ich merkte spät, dass es mehr als nur etwas Sexuelles war, mehr als nur ein winziger Beitrag im Kampf gegen das lächerliche Konzept des »Ehebruchs«, mehr als nur eine beglückende erotische Freundschaft, eine dieser vielen Befreiungsschläge, die gerade die Welt auf den Kopf stellten. Ich liebte diese junge Frau. Auf eine Weise, die gar nicht rückständiger hätte sein können, sprich mit Haut und Haar. Die Vorstellung, mich von ihr zu trennen, zu meiner Frau und den Kindern zurückzukehren, ja sie anderen zu überlassen, nahm mir jede Lebensfreude.

3.

Ich brauchte ein Jahr, um es mir einzugestehen, und selbst dann geschah es nur widerwillig. Vanda gegenüber brachte ich überhaupt nie den Mut dafür auf, wodurch ich sie erst recht leiden ließ. Dass ich mit einer anderen zusammenlebte, war für sie damals einfach nur schrecklich. Nachdem sie den Schlag, so gut sie konnte, verdaut hatte, versuchte sie das Ganze als vorübergehende Schwäche abzutun, es meiner geringen Erfahrung mit Frauen, sprich rein sexueller Neugier zuzuschreiben. Sie hoffte, dass mein Wahn schon nach wenigen Tagen wieder abklingen würde, und setzte alles daran, mich mithilfe von Telefonaten und Briefen zu kurieren. Sie war wie betäubt. Sie konnte einfach nicht glauben, dass sie, die mich zu ihrem Lebensmittelpunkt gemacht, jahrelang das Bett mit mir geteilt, mir zwei Kinder geschenkt und sich stets einwandfrei um mich gekümmert hatte, gegen eine Fremde ausgetauscht worden war. Gegen eine, die mich nie so hingebungsvoll umsorgen würde.

Jedes Mal wenn wir uns trafen – oft erst nach langer Abwesenheit von meiner Seite –, versuchte sie sachlich und beherrscht alle Fragen anzusprechen, über die sie nachgedacht hatte. Wir setzten uns an den Küchentisch, woraufhin sie die praktischen Probleme anführte, die durch mein wiederholtes Verschwinden verursacht würden. Sie erklärte, dass mich die Kinder brauchten, und nannte mir die Gründe für ihre Fassungslosigkeit. Der Ton war in der Regel höflich, aber eines Morgens brach ihre Stimme.

»Hab ich irgendwas falsch gemacht?«, fragte sie.

»Nein, gar nicht.«

»Was passt dir dann nicht?«

»Nichts, es ist bloß eine schwierige Phase.«

»Du findest sie nur deshalb schwierig, weil du mich aus den Augen verloren hast.«

»Ich hab dich nicht aus den Augen verloren.«

»Doch, du siehst nur die Frau, die am Herd steht, die Wohnung in Ordnung hält und auf die Kinder aufpasst. Aber ich bin viel mehr als das, ich bin ein Mensch. Ein Mensch, ein Mensch, ein Mensch!«, schrie sie und wollte sich gar nicht mehr beruhigen. Es waren endlose, anstrengende Stunden. Damals versuchte sie mir zu beweisen, dass sie nicht mehr dieselbe war wie noch vor zehn Jahren, dass sie reifer, ja eine andere geworden war. Sie rang die Hände, um ihre Bestürzung zu verbergen. »Wie kann es sein, dass du als Einziger nichts davon bemerkt hast?«, sagte sie. Und wenn ich, der nicht wusste, was er darauf erwidern sollte, auswich, indem ich ihr von den Nachteilen der Institution Familie erzählte, von der Notwendigkeit, sich von ihr zu befreien, begab sie sich auf mein Terrain und erklärte mir betont freundlich, dass sie die Bücher, die ich lese, durchaus kenne und schon lange an ihrer Befreiung arbeite, dass wir die Sache gemeinsam angehen könnten, ja müssten. Bis sie ihre Freundlichkeit – weil man mir deutlich ansah, dass ich es kaum erwarten konnte zu gehen, um meinen Zustand der Gnade vor ihrem Leid zu schützen, vor den Beklemmungen, die dieses zur Schau gestellte Leid bei mir verursachte – nicht länger aufrechterhalten konnte, und unsere Treffen anders verliefen. Vanda begann in ironischem Ton, um dann laut zu werden, in Tränen auszubrechen und mich zu beleidigen.

Einmal schrie sie plötzlich: »Langweil ich dich? Sag, dass ich dich langweile.«

»Nein.«

»Warum schaust du dann ständig auf die Uhr? Hast du's eilig, hast du Angst, den Zug zu verpassen?«

»Ich bin mit dem Auto da.«

»Mit ihrem Auto?«

»Ja.«

»Wartet sie schon auf dich? Was macht ihr heute Abend, geht ihr auswärts essen?«

Sie begann grundlos zu lachen und ging ins Schlafzimmer, um dort lauthals alte Kinderlieder zu singen.

Nach einer Weile fing sie sich natürlich wieder, das schon. Aber bei jedem Mal spürte ich, dass wieder etwas von dem verloren gegangen war, was ich an ihr einst so anziehend gefunden hatte. Ich erkannte sie kaum noch wieder, sie machte sich meinetwegen regelrecht fertig – für mich ein Freibrief, mich nur noch weiter von ihr zu entfernen. Warum, so fragte ich mich, war es nur so schwierig, sich ein wenig Freiheit zu nehmen? Warum waren wir bloß ein so rückständiges Land? Warum ging das in weiterentwickelten Nationen völlig ohne Dramen ab?

Eines Tages, es war später Nachmittag und glühend heiß, wollte ich gerade aufbrechen. Da rannte sie zur Haustür und schloss ab, rief Sandro und Anna und sagte: »Papa fühlt sich wie im Gefängnis, spielen wir, er wäre wirklich unser Gefangener.« Die Kinder taten so, als hätten sie Spaß, ich tat so, als hätte ich Spaß, nur sie nicht. Leise sagte sie: »Haha, jetzt entkommst du mir nicht mehr.« Dann warf sie den Schlüsselbund nach mir und schloss sich im Bad ein. Ich wagte es nicht zu gehen, bat Sandro, sie zu holen. Sie tauchte wieder auf. »Das war nur ein Scherz«, sagte sie, doch sie scherzte kein bisschen. Sie war müde, schlief kaum noch und überlegte, wie sie mich wieder zur Vernunft bringen konnte. Da ihr das nicht gelang, versuchte sie mich zu rühren, mich wütend zu machen, verlegte sich aufs Flehen oder versuchte mir Angst einzujagen. »Hör auf, mich so einzuengen«, sagte ich, woraufhin sie empört erwiderte: »Wer engt dich bitte schön ein?« Nur um zwei Minuten später zu murmeln: »Warte, setz dich, dein Wahnsinn macht mich selbst noch ganz wahnsinnig.«

Was sie besonders aufregte und fertigmachte, war, dass ich ihr keinen Grund nennen konnte. Sie fragte mich danach und schrieb es mir auch: Warum? Aber ich wusste nicht, was ich darauf sagen sollte, erfand irgendwelche Ausreden oder murmelte »Ich weiß es nicht«. Das war natürlich gelogen, denn ich kannte den Grund inzwischen, ja er stand mir immer klarer vor Augen. Die Zeit mit Lidia war heiter und unbeschwert, ich konnte gar nicht genug davon bekommen. Ich fühlte mich energiegeladen, ich schrieb, ich veröffentlichte und erhielt Anerkennung, ganz so als wäre der Sumpf, den ich seit meiner Kindheit in mir getragen hatte, von dieser schillernden, eleganten Frau auf einen Schlag trockengelegt worden. Erst war es der April, der einfach wunderbar war: Es fühlte sich herrlich an, im Frühling mit ihr zu schlafen, mit ihr zu essen, mit ihr spazieren zu gehen und mit ihr zu reisen. Und sie einfach nur anzusehen, verzückt anzusehen, während sie ihre Frühlingskleider an- und wieder auszog. Ende Mai geh ich wieder nach Hause zurück, dachte ich. Aber der Frühling war im Nu vorbei, und ich war fix und fertig. Da sagte ich mir: Warten wir bis nach dem Sommer, ich möchte Lidia noch den ganzen Sommer genießen. Doch dann war auch der Sommer vorbei, und den Herbst hatte ich ohne sie einfach nicht ertragen. Anschließend war auch der verstrichen, genau wie der Winter, und während des gesamten Jahres hatte es für mich trotz der Treffen mit meiner Frau und den Kindern nichts als Lidia gegeben – Lidia im Frühling, Lidia im Sommer, Lidia im Herbst und Lidia im Winter.

Mit anderen Worten: Die Zeit, die ich herbeisehnte, war die mit ihr, während ich mich vor den Momenten mit Vanda, Sandro und Anna fürchtete, sie immer weiter hinausschob und mit ständigen Ausreden auf ein Minimum beschränkte. War ich dann mit ihnen zusammen, schützte ich mich, indem ich log. Das Lügen half mir, das Gefühl von strotzender Gesundheit zu bewahren, das mich erfasst hatte. In diesen Momenten schämte ich mich, sowohl für meine Unfähigkeit, aufrichtig zu sein, als auch für die kaum auszuhaltende, offensichtliche Verzweiflung meiner Frau und die Verwirrung meiner Kinder.

Um meine Gefühle offen zeigen und den wirklichen Grund für mein Verhalten nennen zu können, hätte ich von meinem Glück mit Lidia erzählen müssen. Aber das wäre wirklich extrem grausam gewesen. Vanda wünschte sich etwas anderes, wollte, dass ich ihre Verzweiflung beendete, indem ich sagte: »Ich sehe ein, dass ich einen Fehler gemacht habe, lass uns wieder zusammen sein.« Das war die Sackgasse, in der wir steckten.

4.

Weder in diesem noch im nächsten Jahr sollten wir aus dieser Sackgasse wieder herauskommen. Meine Frau wurde immer schmaler, verlor jede Lebensfreude und zunehmend die Kontrolle. Inzwischen hing sie völlig in der Luft, und die damit verbundene Panik nahm ihr jede Kraft.

Anfangs glaubte ich noch, die schlimme Lage, in die wir uns da hineinmanövriert hatten, beträfe nur uns beide, nicht aber Sandro und Anna. Erst jetzt sah ich die beiden Kinder vor mir: schemenhafte Gestalten, die weniger klar umrissen sind als wir, die wir diskutieren, streiten und dort in der Küche hocken geblieben sind – nach wie vor deutlich zu erkennen, trotz all der Zeit, die inzwischen vergangen ist.

Sandro und Anna kommen in meinen Erinnerungen gar nicht vor, und wenn doch, dann beschäftigen sie sich mit etwas anderem, spielen oder schauen fern. Unsere Krise, die

Angst, die uns auffrisst, wird anderswo ausgetragen und hat nichts mit ihnen zu tun. Aber irgendwann änderte sich das: Während eines Streits schrie Vanda, ich solle ihr sagen, ob ich mich noch um die Kinder kümmern oder diese ebenso entsorgen wolle wie sie. Ich war verblüfft. »Natürlich will ich mich noch um sie kümmern«, erwiderte ich. Daraufhin murmelte sie nur, »Gut zu wissen«, um das Thema anschließend fallen zu lassen. Aber als sie merkte, dass die Zeit verging und ich weiterhin meist abwesend war, meinte sie, ich müsse, wenn schon nicht sie, dann wenigstens die Kinder in meine Pläne einweihen: Wie ich meine Beziehung zu ihnen in Zukunft gestalten wolle?

Darüber hatte ich noch gar nicht nachgedacht. Vor dieser Katastrophe hatten die Kinder einfach zum Leben dazugehört. Wir hatten sie bekommen, und somit waren sie da. In meiner freien Zeit spielte ich mit ihnen, ging mit ihnen nach draußen, dachte mir Geschichten für sie aus, lobte oder tadelte sie. Aber sobald ich genug Spaß mit ihnen gehabt oder sie wohlwollend gerügt hatte, schloss ich mich in mein Arbeitszimmer ein, während meine Frau sie fantasievoll beschäftigte und nebenher den Haushalt erledigte. Ich hatte das nie infrage gestellt, und auch Vanda hatte sich nie darüber beschwert, nicht einmal, als uns die Kultur der Entinstitutionalisierung – was für ein Wortungetüm! – überrollt hatte. Wir waren beide mit der Vorstellung aufgewachsen, dass dieser Lauf der Dinge etwas Naturgegebenes war. Natürlich würde unsere Ehe halten, bis dass der Tod uns schied. Natürlich würde meine Frau ausschließlich Hausfrau sein und keinen anderen Beruf ausüben. Sogar jetzt, wo alles anders zu werden schien – in der sogenannten vorrevolutionären Phase –, war es einfach unvorstellbar, dass Mütter aufhören könnten, sich um die Kinder zu kümmern. Doch plötzlich konfrontierte sie mich mit diesem Problem und wollte wissen, wie ich damit umzugehen gedachte. Wieder einmal wusste ich nicht, was ich ihr darauf antworten sollte. Wir liefen gerade über die Piazza del Municipio, als sie stehen blieb, mir direkt in die Augen sah und fragte: »Willst du auch weiterhin Vater sein?«

»Ja.«

»Und wie soll das bitte schön gehen, wenn du nur ab und zu auftauchst, Salz in die Wunden streust und dann wieder monatelang wegbleibst? Wenn du die Kinder auf Knopfdruck in dein Leben lässt, allerdings nur, wenn es dir gerade passt?«

»Ich werde sie jedes Wochenende besuchen.«

»Aha, du wirst sie also besuchen. Soll das heißen, sie bleiben bei mir?«

Verwirrt brummte ich: »Na ja, ich kann sie ruhig auch mal nehmen.«

»Auch? Auch?«, schrie sie. »Ich hab sie die ganze Zeit, und du nimmst sie auch mal? Willst du sie genauso kaputt machen wie mich? Kinder brauchen Eltern – und zwar nicht auch mal, sondern die ganze Zeit.«

Sie rannte davon und ließ mich wenige Meter vor dem Rathaus stehen.

Ich zwang mich, jedes Wochenende nach Neapel zurückzukehren. Ich verließ Rom und fuhr in die Wohnung, in der wir seit über zehn Jahren wohnten. Ich nahm mir vor, nicht mit Vanda zu streiten – ich konnte einfach nicht mehr, und auch sie zitterte, zündete sich mit bebenden Händen eine Zigarette nach der anderen an. Mit dem Blick eines Menschen, der keinerlei Ausweg mehr sieht. Ich nahm mir vor, ihr aus dem Weg zu gehen und mich mit den Kindern in ein Zimmer zurückzuziehen. Ich sollte bald merken, dass das nicht funktionierte. Obwohl die Wohnung noch genauso groß war wie vorher, gelang es weder den Kindern noch mir, das Zusammensein so unbeschwert zu genießen wie früher. Alles war so gewollt. Ich fühlte mich gezwungen, begeistert Zeit mit ihnen zu verbringen – dabei waren sie nicht mehr dieselben wie früher, beäugten mich nervös und passten genau auf, was ihre Mutter und ich taten oder sagten – aus Angst, etwas falsch zu machen oder mich gegen sie aufzubringen und mich dadurch für immer zu verlieren. Auch sie fühlten sich gezwungen, begeistert Zeit mit mir zu verbringen. Obwohl wir, Vater wie Kinder, es unbedingt wollten, schafften wir es nicht, uns auch nur annähernd natürlich zu verhalten. Vanda war im Nebenzimmer, und keiner von uns dreien konnte das verdrängen. Sie war ein so wesentlicher Teil von uns, dass es zwecklos war, sich ihr zu entziehen. Sie ließ uns zwar lange allein und mischte sich nicht ein. Trotzdem hörten wir sie hantieren oder nervös vor sich hin singen. Wir hätten das ignorieren, hätten lernen müssen, zu dritt zu sein, und zwar unabhängig von unserer einstigen Viererbesetzung. Aber wir schafften es nicht. Wir empfanden ihre Anwesenheit als bedrohlich – weniger weil sie uns schaden wollte, sondern weil wir ihr Leid als bedrohlich wahrnahmen – und spürten, dass ihr keine unserer Bewegungen oder Worte entging, dass sie unter jedem Stuhl- oder Tischknarren litt. Daher wurde uns die Zeit unerträglich lang, und es wollte einfach nicht Abend werden. Schon bald wusste ich nicht mehr, was ich mir noch einfallen lassen sollte. Ich wurde unaufmerksam und dachte an Lidia. Es war Samstag, vielleicht war sie mit Freunden ins Kino gegangen? Fast hätte ich laut gesagt, »Ich geh kurz Zigaretten holen«, nur um nach einer Telefonzelle zu suchen und sie anzurufen, bevor sie das Haus verließ, ich niemanden mehr erreichte und mich ein Gefühl von Verlassenheit beschlich. Vanda schien besonders empfänglich für solche Unaufmerksamkeiten zu sein. Sie tauchte dann unvermittelt auf und sah es mir an, spürte, welche Anstrengung es mich kostete, Zeit mit meinen Kindern zu verbringen. So lange hatte ich mich damals, als alles noch normal war, nie mit ihnen abgegeben. Nicht so wie jetzt, als müsste ich zu einer Prüfung antreten, die meine Frau, ihre Mutter, zu benoten hatte. Manchmal konnte sie sich nicht mehr beherrschen.

»Wie läuft's?«

»Gut.«

»Spielt ihr nicht?«

»Doch, wir spielen.«

»Was denn?«

»Karten.«

»Kinder, lasst Papa gewinnen, sonst ist er beleidigt.«

Nichts konnte man ihr recht machen. Sie meckerte, weil ich den Fernseher anschaltete, fand meine Spiele zu wild und bemerkte sarkastisch, dass ich die Kinder viel zu sehr aufrege, sodass sie anschließend nicht einschlafen könnten. Die Spannung wurde unerträglich, was damit endete, dass wir vor Sandro und Anna stritten. Die Szenen, die wir uns gegenseitig machten, fanden inzwischen längst nicht mehr heimlich statt, Vanda war der Auffassung, die Kinder müssten Bescheid wissen, um sich selbst eine Meinung, ein Urteil bilden zu können.

»Sprich leiser, bitte!«

»Warum? Hast du Angst, sie könnten herausfinden, wie du wirklich bist?«

»Quatsch.«

»Willst du ihnen dasselbe antun wie mir? Sollen sie glauben, dass du sie liebst, obwohl es gar nicht stimmt?«

»Ich habe dich immer geliebt und tu es auch jetzt noch.«

»Lüg mich nicht an! Hör auf, mich anzulügen, ich ertrag das nicht mehr. Nicht vor den Kindern. Wenn du lügen musst, geh!«

Sandro und Anna lernten schnell, dass jeder meiner Besuche unkontrollierbaren Schmerz bei ihrer Mutter hervorrief. Hatten sie mich anfangs noch freudig erwartet, in der Hoffnung, ich würde für immer bleiben, taten sie jetzt so, als konzentrierten sie sich auf ihr Spiel oder eine Fernsehsendung, und wünschten sich währenddessen, dass ich ging, ehe der Sturm losbrach. Ich neigte ebenfalls dazu, meinen Aufenthalt abzukürzen und zu verschwinden, sobald ich spürte, dass Vanda kurz vor dem Zusammenbruch stand. Einmal brachte ich den Kindern Geschenke mit, einen Pulli für Sandro und eine Kette für Anna. Als Vanda sah, dass ihre Tochter sich freute, sagte sie: »Hast du ihr dieses Zeug gekauft?«

»Ja, wer sonst?«

»Lidia.«

»Was redest du denn da für einen Unsinn?«

»Du bist rot geworden. Sie hat's gekauft!«

»Das stimmt doch gar nicht.«

»Brauchst du Hilfe, um deinen Kindern ein Geschenk zu machen? Wag es nie mehr, ihnen Dinge zu schenken, die nicht von dir kommen.«

Tatsächlich kamen sie von Lidia, aber darum ging es ja

nicht. In dieser Phase verfolgte Vanda mit ihren Szenen ein ganz anderes Ziel: Sie wollte mir, aber vor allem sich selbst beweisen, dass ich ohne sie nicht in der Lage war, unseren Kindern ein Vater zu sein. Dass ich, indem ich sie ausschloss, auch mich ausschloss. Und dass ein gemeinsames Leben – sprich ein gemeinsames Leben wie früher, bevor ich ihr meinen Betrug gestanden hatte – ohne Versöhnung unmöglich war.

Eine Behauptung, der ich schon bald beipflichtete. Wenn ich samstags und sonntags miterlebte, wie mich Sandro und Anna frisch gebadet und gekämmt begrüßten wie einen Fremden, wenn ich spürte, wie sich nach den ersten zärtlichen Minuten eine extreme Anspannung bei uns allen einstellte, kam mir das nicht nur überflüssig, sondern auch gefährlich vor. Meine väterliche Anwesenheit in dieser Wohnung sollte zwar für eine Art von Kontinuität sorgen, war aber nicht von Dauer und daher falsch. Egal was ich sagte oder tat – ich konnte es Vanda einfach nicht recht machen. Mit der ihr eigenen Unerbittlichkeit, die sich jetzt noch verschärft hatte, wies sie mich Punkt für Punkt darauf hin, dass ich keine geeigneten Antworten auf die stummen Fragen meiner Kinder hatte und ihre Hoffnungen enttäuschte.

»Was erwarten sie sich denn?«, fragte ich eines Vormittags, verstörter denn je.

»Dass sie das nachvollziehen können«, brüllte sie mit brechender Stimme, wobei sie schier zu ersticken schien. »Dass sie nachvollziehen können, warum du ausgezogen bist, warum du sie verlassen hast, warum du nur widerwillig ein paar Stunden mit ihnen verbringst und dann wieder verschwindest, ohne ihnen zu sagen, wann du wiederkommst, wann du dich wieder so um sie kümmern wirst, wie sie es verdient haben.«

Ich gab ihr recht, teils um sie zu besänftigen, teils weil ich nicht wusste, was ich dagegen einwenden sollte. Was war ich nur für ein Vater? Welcher Vater konnte ich überhaupt sein, in dieser Wohnung, in der wir vier jahrelang in der Überzeugung gelebt hatten, für immer zusammenzubleiben? Die Zimmer hatten unsere Lebensweise verinnerlicht, jedem seinen Platz zugewiesen. Selbst wenn sie im Winter grau und kalt und im Sommer heiß, aber nie besonders hell waren, hatten sie trotzdem liebevolle Gewohnheiten und oft auch freudige Höhepunkte beherbergt. Angesichts der neuen Situation hielt ich es jedoch für ausgeschlossen, auch nur wenige Stunden darin zu verbringen. Deshalb sagte ich einmal, auf dem Höhepunkt unseres üblichen Streits, zu Vanda: »Es sind Ferien. Ich fahre mit den Kindern eine Weile zu mir.«

»Was soll das heißen, zu dir?«

»Zu mir.«

»Willst du sie mir wegnehmen?«

»Nein, was redest du denn da.«

»Du willst sie mir wegnehmen«, sagte sie misstrauisch.

Doch dann erlaubte sie es. Nicht ohne großes Drama, als wäre es ein letzter Test, nach dem sie endgültig wissen würde, woran sie mit mir war.

5.

An einem Sonntag im Sommer nahm ich die Kinder mit nach Rom, sie schienen sich darüber zu freuen. Dennoch war es eine wenig durchdachte Entscheidung: Ich hatte keine eigene Wohnung – das konnte ich mir nicht leisten –, wollte die beiden eigentlich auch nicht vor Lidia verstecken. Aber wie so oft war die Sache komplizierter: Angenommen, sie hätte uns drei in ihrem Einzimmerapartment beherbergt, und Vanda hätte davon erfahren, hätte sie bestimmt geglaubt, nun völlig abgemeldet zu sein. Ganz so als wollte ich ihr damit sagen: Verschwinde, du wirst nicht mehr gebraucht – weder als Ehefrau noch als Mutter! Und da sie mehr denn je von einer unerbittlichen Logik beherrscht wurde, die ihr jedes Einlenken unmöglich machte, hatte ich Angst, die von ihr beschworene Kompromisslosigkeit könnte sie – die von Tag zu Tag körperlich mehr abbaute, aber dafür geistig zur Hochform auflief – zu Extremen zwingen, die ich mir lieber nicht ausmalen wollte. Aber es war nicht nur ihre Reaktion, vor der ich mich fürchtete. Ich hätte es einfach unpassend gefunden, vor den Kindern mit Lidia zusammen zu sein – in ihrer hellen Wohnung, beim Frühstück, beim Mittag- und beim Abendessen – und dann auch noch in ihrem Bett zu schlafen. Das war, als würde ich zu Sandro und Anna sagen: Schaut euch nur diese junge Frau an! Seht, wie gebildet und ausgeglichen sie ist, seht, wie gut es mir mit ihr geht. Ich lebe hier, gefällt es euch? Ich spürte, dass ich sie dann gezwungen hätte, mir zuliebe in eine Wohnsituation einzuwilligen, welche die Liebe zu ihrer Mutter beeinträchtigt hätte – erst recht wenn sie zu dem Schluss gelangt wären, dass Lidia wirklich reizend war. Aber auch das war noch nicht die ganze Wahrheit: Ich wollte mich nur ungern in der Vaterrolle zeigen, fand es einfach unangebracht, tagelang mit Lidia und beiden Kindern zusammenzuleben, ihr so viel Platz wegzunehmen, die Wohnung in Unordnung zu bringen, sie mit meiner Verantwortung zu konfrontieren und sie dazu zu zwingen, sie mit zu übernehmen – noch dazu eine so große, auch wenn mir das, dank Vandas Anstrengungen, bis vor Kurzem noch gar nicht bewusst gewesen war. Ich wollte ihr nicht so konkret vor Augen führen, wer ich war: ein sechsunddreißigjähriger, eindeutig erwachsener, verheirateter Mann und Vater zweier Kinder, von denen eines elf und eines sieben Jahre alt war. Nicht einmal mir selbst wollte ich das in diesem verwunschenen Paradies vor Augen führen. Dort sonnte ich mich in der Rolle des rücksichtslosen Liebhabers, der sich garantiert nicht trennt, um gleich wieder eine feste Bindung einzugehen. Ich war gerade dabei, eine neue Form von Liebe auszuprobieren, und wollte niemand sein, der Altlasten aus grauer Vergangenheit mit in die Wohnung einer jungen Frau schleppt, die ihr ganzes Leben noch vor sich hat.

Ich kam bei einem Freund unter. Ich hatte keine Ahnung davon, wie man Kinder betreut, und ließ bald zu, dass sich seine Ehefrau um sie kümmerte. Beide waren auf meiner Seite und unterstützten mich. Obwohl sie ein festes Paar und seit fünf Jahren ganz normal verheiratet waren, fanden sie, dass man seine Triebe nicht unterdrücken kann und darf, dass ich gut daran tue, meine Leidenschaft auszuleben, und aufhören solle, mich schuldig zu fühlen. Eines Abends, als die Kinder schliefen, wuschen mir die beiden gehörig den Kopf, weil ich nie schlecht über meine Frau sprach.

»Warum sollte ich?«, fragte ich.

»Weil sie übertreibt, so benimmt man sich einfach nicht«, sagte mein Freund.

»Ich tue ihr sehr weh, und sie kann einfach nicht anders damit umgehen.«

»Sie geht sehr unsympathisch damit um«, rief seine Frau.

»Es ist nicht leicht, sympathisch zu leiden.«

»Andere schaffen das auch, manchmal muss man sich einfach beherrschen.«

»Anscheinend leiden deine Freundinnen nicht so wie Vanda.«

Ich verteidigte sie aufrichtig, doch sie fanden mich weiterhin sympathischer und anständiger. Als Sandro und Anna im Bett waren und ich sicher sein konnte, dass sie schliefen, überließ ich es meinen Gastgebern, sich liebevoll um sie zu kümmern, und eilte zu Lidia. Jede Stunde, die ich mit ihr verbrachte, versetzte mich in Erstaunen, und das seit Beginn unserer Beziehung. Alles war weit von der Armut entfernt, in der ich mit Vanda lebte. Lidia war daran gewöhnt, es sich gut gehen zu lassen, für sie war das selbstverständlich. Sie hatte es gern schön und bequem und ließ es sich etwas kosten, mich gut gelaunt zu empfangen. Hatte ich einen finanziellen Engpass, half sie mir mit ihrem wenigen Geld aus und stellte sich unserer komplizierten Situation ohne jede Zukunftsangst. Ich war glücklich, wenn sie mit einem üppigen Abendessen aufwartete, und unglücklich, wenn ich ihr Bett noch vor Tagesanbruch verlassen musste. Morgens um halb sechs kehrte ich zu den Kindern zurück, in der Hoffnung, dass sie nicht aufgewacht waren. Vor lauter schlechtem Gewissen lief ich schlaflos in der Wohnung auf und ab. Oft setzte ich mich zu Sandro oder Anna ans Bett und betrachtete sie, um mir ihre Gesichter einzuprägen, mir klarzumachen, dass sie unverzichtbar für mich waren. Wenige Stunden später weckte ich sie, wartete, bis sie gefrühstückt und sich gewaschen hatten, und nahm sie, da mein Freund und seine Frau zu tun hatten, mit in die Arbeit.

Sandro und Anna protestierten nie. Sie beobachteten mich genau und bemühten sich nicht nur, mir nicht zur Last zu fallen, sondern auch bei den Kollegen und Studenten einen positiven Eindruck zu hinterlassen. Trotzdem wurde ich schon nach kurzer Zeit schwach und konnte sie gar nicht schnell genug zu Vanda zurückbringen.

»Jetzt schon?«, sagte sie sarkastisch. »Bist du es bereits leid, ihr Vater zu sein?«

Ich bemühte mich, es ihr zu erklären. Schließlich murmelte ich, dass es mir schwerfalle, so wie sie auf sämtliche Bedürfnisse der Kinder einzugehen. Sie verstand mich falsch, glaubte, ich wolle zur Familie zurückkehren. Ihre Miene hellte sich auf, und sie sprach von dem neuen Gleichgewicht, das wir zu viert finden müssten.

Ich schüttelte den Kopf und sagte: »Ich muss mich neu orientieren.«

Im Bruchteil einer Sekunde erkannte Vanda an meinem Blick, welche Kraft ich aus meinem außerehelichen Glück zog, und begriff schlagartig, dass mich nichts halten würde, nicht mal die Kinder. Mir dämmerte kurz, dass ich ihr etwas besonders Grausames antat, und ergriff die Flucht, um mich dem nicht stellen zu müssen.

Ihre letzte Reaktion darauf erreichte mich Monate später mit der Post. Es handelte sich um ein denkbar schlichtes Formular. Der Urkundsbeamte des Jugendgerichts Neapel teilte mir mit, dass es ein Verfahren gegeben habe, in dem Sandro und Anna der Mutter zugesprochen worden seien. Ich hätte sofort den Zug nehmen, beim Urkundsbeamten vorstellig werden, Widerspruch einlegen und schreien können: »Ich bin der Vater, Artikel 133 oder wie auch immer ist mir egal, ich bin hier, und es stimmt nicht, dass ich meine Kinder im Stich gelassen habe, ich will mit ihnen zusammen sein.« Doch ich tat nichts dergleichen, sondern setzte meine Beziehung zu Lidia und meine Arbeit einfach fort.

6.

Während ich auf dem Boden meines verwüsteten Arbeitszimmers saß, starrte ich lange auf dieses Dokument: Da war es, in diesem gelben Umschlag, zusammen mit Vandas Briefen. Ich fragte mich, ob meine Kinder die Urschrift, wie das so schön heißt, von diesem Gerichtsbeschluss oder ein anderes Dokument desselben Inhalts, das es bestimmt auch noch irgendwo gab, jemals gelesen hatten. Dieses Blatt Papier erinnerte daran, dass ich offiziell auf sie verzichtet hatte, bewies schwarz auf weiß, dass ich sie verlassen, im Stich gelassen, ja zugelassen hatte, dass sie endgültig aus meinem Leben gerissen wurden, in einen Strudel, der sie meinem Blickfeld und meinen Ängsten entzog. Dieser simple Bescheid bezeugte, dass ich mich von ihnen befreit hatte, und ich sollte mich bald daran gewöhnen, diese Last nicht länger im Kopf, auf der Brust und im Magen zu spüren, weil die beiden nicht länger zu meinem Alltag gehören und sich schon bald vollkommen verändern, ihre kindlichen Züge verlieren und in die Höhe schießen sollten. Ihr ganzer Körper sollte sich in Kürze verändern, Gesicht, Stimme, Gang und auch ihre Gedanken. In meiner Erinnerung würden sie für immer auf den ungeheuerlichen Moment fixiert bleiben, in dem ich sie zu ihrer Mutter zurückgebracht und gesagt hatte: »Ich muss mich neu orientieren.«

Die Zeit verging. Dank Lidia und immer reizvolleren Aufgaben stand ich die Scheidung durch. Ich gab den frustrierenden Uni-Job auf, begann für Zeitungen zu schreiben, entwickelte Radiosendungen und nahm vorsichtig Kontakt zum Fernsehen auf. Es gibt Entfernungen, die sich nicht in Kilometern, vielleicht nicht einmal in Lichtjahren messen lassen, und das sind Entfernungen aufgrund von Veränderungen. Ich entfernte mich von meiner Frau und meinen Kindern, ging stattdessen meinen Leidenschaften nach: der neuen Frau, die ich liebte, und einer regen Beschäftigung, die ebenfalls neu für mich war und scheinbar unaufhaltsam einen persönlichen kleinen Erfolg nach dem anderen hervorbrachte. Lidia fand Gefallen an mir, alle fanden Gefallen an mir. Die Vergangenheit, in der ich mich träge und unnütz gefühlt hatte, verschwand dabei in dichtem Nebel. Die Wohnung in Neapel verblasste ebenso wie die Verwandten und Freunde. Vanda, Sandro und Anna existierten zwar nach wie vor, aber nur in der Ferne, sodass mich ihr Schmerz längst nicht so verfolgte. Hinzu kam fast automatisch eine alte Angewohnheit, was meine Wahrnehmung betraf: Von klein auf hatte ich mir angewöhnt, das Leid meiner Mutter zu ignorieren, wenn mein Vater sie quälte. Ich war so gut darin, dass ich, selbst wenn ich anwesend war, die Schreie, die Beleidigungen, die klatschenden Ohrfeigen, das Weinen und gewisse Sätze im Dialekt, die wie eine Litanei wiederholt wurden, einfach ausblendete: »Ich bring mich um, ich stürz mich aus dem Fenster!« Ich lernte, meine Eltern nicht mehr zu hören. Und um sie auch nicht mehr sehen zu müssen, brauchte ich nur die Augen zu schließen. Diesen kindlichen Trick habe ich mein ganzes Leben lang angewendet, bei tausend Gelegenheiten. Schon damals kam mir das sehr gelegen, und ich griff oft darauf zurück. Ich hatte eine Leerstelle hinterlassen und machte mich selbst ganz leer. Meine Frau und meine Kinder tauchten zwar hin und wieder auf, trotzdem sah und hörte ich sie nicht.

Doch auf Dauer kam ich nicht so leicht davon. Ich war gerade im Ausland, als ich erfuhr, dass meine Frau einen Selbstmordversuch unternommen hatte. »So weit ist es jetzt schon gekommen!«, rief ich verzweifelt, weiß aber bis heute nicht, was ich damit sagen wollte. Vielleicht war »so weit ist es jetzt schon gekommen« auch ein stummer Vorwurf an Vanda, denn was hilft es schließlich, sich nur beinahe umzubringen? Vermutlich machte ich mir jedoch Vorwürfe: So weit hast du sie also getrieben, Schande über dich! Oder wehrte mich gegen den weitverbreiteten Wahn, ohne jede Rücksicht auf andere und das dadurch angerichtete Leid, einzufordern, was man sich wünscht. In panischer Angst zerbrach ich mir den Kopf. Vanda war im Krankenhaus. Wann und wie war es passiert? Inwieweit würde ihre Verzweiflungstat Sandro und Anna für immer prägen? Ein gemeinsamer Moment nach dem anderen tauchte auf, sie verliehen den Menschen, von denen ich mich schon weit entfernt hatte, eine noch nie da gewesene Schärfe. Mir wurde klar, dass ich mich entscheiden musste: Entweder ich gab alles auf, die Arbeit, mein Leben, alles, was ich mir mit Lidia gerade aufbaute, schloss die Leerstelle wieder und brachte alles wieder in Ordnung. Oder aber ich beschränkte mich darauf, anzurufen und mich nach Vandas Zustand zu erkundigen, allerdings ohne sie zu sehen, ohne sie zusammen mit den Kindern zu sehen, ohne mich dem Risiko dieses Gefühlssturms auszusetzen. Ich schwankte lange zwischen diesen beiden Möglichkeiten, hatte das Gefühl, niemanden um Rat bitten zu können, die Verantwortung für meine Entscheidung allein tragen zu müssen. Was, wenn meine Frau nicht überlebte? Musste ich mir dann eingestehen, dass ich sie umgebracht hatte? Indem ich ihr Leben so sehr ruiniert hatte, dass sie sich gezwungen sah, sich nicht etwa daran und an die Kinder zu klammern, sondern lieber ein für alle Mal damit abzuschließen? Würden mich Sandro und Anna eines Tages des Mordes beschuldigen? Und musste sie umgekehrt erst sterben, bis ich begriff, dass ich ein Verbrechen begangen hatte, das Monate, ja Jahre angedauert hatte?

Verbrechen, Verbrechen, Verbrechen.

Ich hatte ein Leben beschädigt, hatte einen jungen Menschen mit demselben Bedürfnis nach Weiterentwicklung zu dem Eingeständnis getrieben, dass er nicht mehr leben will.

Quatsch, was war das nur für ein Gedanke? War es etwa ein Verbrechen, sein Leben selbst in die Hand nehmen zu wollen? Sich Unterforderung zu verweigern? Gegen Institutionen und erdrückende Umstände anzukämpfen? Wie absurd war das denn!

Ich hatte Vanda gern und wollte ihr keine Sekunde lang vorsätzlich schaden. Ich war behutsam vorgegangen und hatte sie angelogen – eben damit sie möglichst wenig leiden musste. Aber das durfte doch nicht dazu führen, dass nun ich leiden, an mir selbst leiden musste, nur damit sie es nicht tat. So weit war es jetzt schon gekommen?

Deshalb besuchte ich sie nicht. Ich wollte nicht wissen, wie es ihr ging. Ich schrieb ihr nicht. Ich kümmerte mich nicht darum, wie die Kinder es aufnahmen. Ich beschloss, mich so zu verhalten, dass sie endgültig begriff, wie die Dinge lagen: Nichts, nicht einmal ihr Tod konnte mich daran hindern, Lidia zu lieben. »Lieben« – ausgerechnet in dieser Zeit begann ich ein Wort zu benutzen, das für mich bis dahin bloß etwas aus einem Kitschroman gewesen war – in der festen Überzeugung, ihm einen völlig neuen Sinn zu verleihen.

7.

Vanda erholte sich, gab es auf, mich sehen zu wollen, und schrieb mir auch bald nicht mehr. Aber im März 1978 schickte ich ihr einen Brief, in dem ich sie bat, Sandro und Anna allein treffen zu dürfen.

Schwer zu sagen, warum, oberflächlich betrachtet lief alles bestens. Ich lebte in Rom und arbeitete inzwischen regelmäßig fürs Fernsehen. Ich war sehr glücklich mit Lidia. Meine Frau übte keinerlei Druck mehr auf mich aus. Beim Gedanken an die Kinder versetzte es mir höchstens einen leisen Stich. Ich fuhr abrupt herum, sobald eine Kinderstimme auf der Straße Papa rief. Und trotzdem war irgendwann der Wurm drin. Vielleicht hatte ich keine gute Phase, und auch meine Unsicherheiten machten sich erneut bemerkbar. Manchmal glaubte ich, doch kein Talent zu besitzen. Es gab Momente der Niedergeschlagenheit, in denen ich mir einredete, mein wachsender Erfolg sei reiner Zufall: Bestimmt würde sich das Blatt bald wenden und ich für meinen Hochmut bestraft werden, Aufgaben übernommen zu haben, die nicht meinen Fähigkeiten entsprachen. Aber vielleicht hatte es auch etwas mit Lidia zu tun. Ich liebte sie immer mehr und schrieb ihr eine Raffinesse, Intelligenz und Empfindsamkeit zu, die ich immer weniger zu verdienen glaubte.

»Warum bist du mit mir zusammen?«, wollte ich von ihr wissen.

»Weil es sich so ergeben hat.«

»Das heißt doch nichts!«

»Es ist aber nun mal so.«

»Und wenn irgendwann mal alles aus ist?«

»Versuchen wir dafür zu sorgen, dass es gar nicht erst so weit kommt.«

Manchmal beobachtete ich sie aus der Ferne, auf einem Fest oder bei einem offiziellen Anlass. Innerhalb weniger Jahre war aus dem jungen Mädchen eine hoch angesehene Frau geworden. Sie verströmte eine diskrete, elektrisierende Sinnlichkeit, die den Betrachter blendete. Bald wird sie mich hinter sich lassen, dachte ich, während ich sie anschaute. Es war genau diese Vitalität gewesen, die mich bei unserer ersten Begegnung überwältigt und den Ehrgeiz in mir geweckt hatte, dank dem ich heute ein erfolgreicher Mann war. Eines Tages würde sie merken, dass sie sich nicht in mich, sondern in ihre Wirkung auf mich verliebt hatte. Dann würde sie begreifen, dass ich nur ein müder alter Mann war. Je öfter sie mich so erleben würde, wie ich wirklich war, desto mehr würde sie sich zu anderen hingezogen fühlen. Genau das dachte ich, weshalb ich ihre

Freunde seit Neuestem genau im Auge behielt. Ich reagierte alarmiert, wenn sie den einen oder anderen zu sehr lobte, befürchtete aber gleichzeitig, mich unmerklich von einem rücksichtslosen Liebhaber in einen Gefängniswärter zu verwandeln – eine bekanntermaßen völlig sinnlose Metamorphose. Ob es mir nun gefiel oder nicht, Lidia würde ihrem Begehren nachgeben und mich dabei zerstören, so wie ich Vanda zerstört hatte. Sie würde mich betrügen, denn genau das war das passende Wort, auch wenn wir keinerlei Abmachung getroffen hatten und eine offene Beziehung führten, auch wenn weder ich keine anderen Frauen begehren durfte, noch sie mir versprochen hatte, keine anderen Männer zu begehren. Allein der Gedanke, dass das passieren könnte, machte mich fertig: Auf dem Weg zur Arbeit wird sie bestimmt jemanden treffen, der ihr gefällt. Sie wird sich von Freunden oder Bekannten angezogen fühlen und dem nachgeben. Sie wird eine Party besuchen, feiern und sich gehen lassen. Sie wird von männlichen Autoritätspersonen Anerkennung bekommen und unter deren Schutz Privilegien genießen, die ich ihr nicht bieten kann. Die neue Zeit ist dieselbe wie die alte, nur in ein schillernderes Gewand gehüllt, und hinter der modernen Fassade schlummern archaische Triebe. Aber so ist das moderne Leben nun mal, und sie wird es bis zur Neige auskosten, meine Qualen werden sie nicht daran hindern. Deshalb hatte ich manchmal keine Lust zu arbeiten, die Fähigkeit, mir etwas auszudenken, erlosch und glomm erst wieder auf, wenn ich mich irgendwie davon überzeugen konnte, dass ich mich täuschte, dass sie mich liebte und immer lieben würde. Denn was hätte die Spur der Verwüstung, die ich hinterlassen hatte, sonst für einen Sinn gehabt?

In solchen Momenten gab das enge Korsett unseres Alltags unmerklich nach – ein Alltag, der aus Besprechungen, Rivalitäten, ständigen Spannungen, kleinen Siegen und Niederlagen, Geschäftsreisen sowie aus abendlichen, nächtlichen und morgendlichen Küssen und Umarmungen bestand: ein ideales Mittel, um die Erinnerungen und Gewissensbisse auf Abstand zu halten. Doch was eine Bresche in meinen Schutzwall schlug, waren die Väter, die mit ihren Kindern spielten, ihnen in Zug oder Bus tiefgründige Erklärungen gaben oder einen Herzinfarkt riskierten, um ihnen das Radfahren beizubringen, indem sie den Sattel hielten und riefen, »Tritt in die Pedale, tritt in die Pedale!«. Vanda und die Kinder, die ich längst vergessen hatte, tauchten plötzlich wieder in meinen Gedanken auf, um mich daran zu erinnern, dass ich einst genau dasselbe getan hatte. Eines kalten Morgens, ich war noch deprimierter als sonst, sah ich in der Via Nazionale, wie eine extrem dünne, verwahrloste Frau ihre störrischen Kinder, einen Jungen und ein Mädchen, hinter sich herzerrte. Die beiden stritten miteinander, er war ungefähr zehn und sie etwa fünf. Ich beobachtete sie ausgiebig. Die Kinder schubsten und beschimpften sich, die Mutter drohte ihnen. Sie trug einen aus der Mode gekommenen Mantel und abgetretene Schuhe. Das ist meine Familie, die da aus der Versenkung auftaucht!, dachte ich und erkannte mit einem Schlag die Leerstelle, die ich neben ihnen hinterlassen hatte, kam zu dem Schluss, dass es diese Leerstelle war, die sie so hatte werden lassen.

Wenige Tage später schrieb ich Vanda. Zwei Wochen danach antwortete sie. Da hatte ich die drei über meinem Alltag bereits wieder vergessen, es ging mir wieder gut, und ich hatte die bösen Gedanken verscheucht. Der Brief machte mich nervös.

»Du schreibst, dass du das Bedürfnis hast, wieder Kontakt zu deinen Kindern aufzunehmen. Sagst, dass es nach nunmehr vier Jahren möglich sein müsse, das Problem konstruktiv anzugehen. Aber was gibt es da noch anzugehen? Hat sich nicht klar gezeigt, wie es um dein Bedürfnis bestellt ist, als du dich davongestohlen, uns um unser Leben gebracht und sie im Stich gelassen hast, weil dir die Verantwortung zu groß wurde? Ich hab ihnen deine Bitte auf jeden Fall vorgetragen, und sie haben beschlossen, dich zu treffen. Solltest du es vergessen haben, rufe ich dir noch mal in Erinnerung, dass Sandro jetzt dreizehn ist und Anna neun. Sie leiden unter Unsicherheit und Angst. Mach es für sie nicht noch schlimmer.«

Nur widerwillig ging ich zu dem Treffen mit meinen Kindern.

8.

Vandas sarkastische Bemerkung – »Sandro ist jetzt dreizehn und Anna neun« – hatte mich darauf vorbereitet, dass sie anders sein würden, als ich sie in Erinnerung hatte. Aber sie waren nicht nur anders, sondern wirkten wie Fremde auf mich, die mich ihrerseits wie einen Fremden betrachteten.

Ich nahm sie mit in eine Bar, tischte jede Menge leckere Sachen zu essen und zu trinken auf. Ich versuchte, mich mit ihnen zu unterhalten, was jedoch stets damit endete, dass ich von mir erzählte. Sie nannten mich kein einziges Mal »Papa«, während ich vor lauter Nervosität tausendfach ihre Namen nannte. Weil ich fürchtete, dass sie sich nur noch wegen des Erdbebens, mit dem ich ihr Leben erschüttert, und wegen des Leids, das ich über sie gebracht hatte, an mich erinnerten, versuchte ich auf chaotische Weise als wohlwollende Respektsperson aufzutreten – als jemand mit einem Beruf, mit dem sie vor ihren Klassenkameraden angeben konnten. Ihren aufmerksamen Blicken, dem ein oder anderen Lächeln, ja sogar ausgelassenen Lachen vonseiten Annas entnahm ich, dass ich sie überzeugt hatte. Ich hoffte, dass sie mir Fragen stellen würden, zum Beispiel was sie machen sollten, um eines Tages in meine Fußstapfen zu treten. Aber Sandro sagte nichts, und Anna fragte mit Blick auf ihren Bruder: »Stimmt es, dass du ihm beigebracht hast, sich die Schuhe zu binden?«

Ich schwieg peinlich berührt. Hatte ich Sandro beigebracht, sich die Schuhe zu binden? Ich konnte mich nicht daran erinnern. Von nun an und ohne dass es einen konkreten Anlass gegeben hätte, wunderte mich nicht mehr, dass sie mir fremd waren. Das Gefühl von Fremdheit lag an unserer Beziehung. Solange ich mit ihnen zusammengelebt hatte, war ich ein zerstreuter Vater gewesen. Ich hatte sie zwar wahrgenommen, aber nie das Bedürfnis gehabt, sie wirklich kennenzulernen. Doch jetzt, wo ich einen guten Eindruck hinterlassen und alles von ihnen aufsaugen wollte, musterte ich sie mit übertriebener Aufmerksamkeit – genau wie ein Fremder –, nahm jedes Detail auf in dem Wahn, innerhalb weniger Minuten alles über sie wissen zu wollen. Ich antwortete mit einer Lüge: »Ja, ich denke schon. Ja, ich hab Sandro vieles beigebracht, vielleicht auch, sich die Schuhe zu binden.« Daraufhin murmelte Sandro: »Niemand bindet sich die Schuhe so wie ich«, und Anna sagte:

»Er bindet sie sich total komisch, ich glaub nicht, dass du sie dir genauso bindest.«

Ich zwang mich zu einem Lächeln und setzte die wohlwollendste Miene auf, zu der ich in der Lage war. Ich war davon ausgegangen, dass ich mir die Schuhe band wie jeder andere auch. Die Marotte, die meine Kinder auf jeweils eigene Weise beschrieben, musste Sandro als Kind irgendwo anders aufgeschnappt haben. Besorgt dachte ich: Er glaubt fest daran, über seine Art, sich die Schuhe zu binden, Kontakt mit mir gehalten zu haben, und muss jetzt womöglich feststellen, dass er sich getäuscht hat. Was nun?

Anna sah mir direkt in die Augen. Sie wirkte stets vergnügt und hatte ein starres Grinsen aufgesetzt, das sie fröhlich wirken ließ, auch wenn sie es gar nicht war. »Zeig uns, wie du's machst«, sagte sie, und da merkte ich, dass auch sie, selbst wenn sie ihren Bruder aufzog, mit der Geschichte vom Schuhebinden beweisen wollte, dass ich nicht irgendwer war, dem man die Vaterrolle zugestehen musste, sondern deutlich mehr. »Ihr wollt, dass ich euch hier an Ort und Stelle zeige, wie ich mir die Schuhe binde?«, fragte ich. »Ja«, sagte Anna. Ich löste meine Schnürsenkel und band sie wieder. Ich zog an beiden Enden, legte sie übereinander, führte ein Ende unter dem anderen hindurch und zog nochmals energisch. Ich beobachtete sie, beide hatten den Blick auf meinen Schuh gerichtet, den Mund halb offen. Leicht nervös fuhr ich fort, die Enden zu verschränken, führte wieder eines unter dem anderen hindurch und zog erneut, bildete eine Schlaufe. Verunsichert legte ich eine Pause ein. Sandros Augen begannen zufrieden zu funkeln. »Und weiter?«, murmelte Anna. Ich packte die Schlaufe, nahm sie zwischen die Finger, führte das übrige Ende darunter hindurch, bildete eine neue Schlaufe und zog daran. »Jetzt!«, sagte ich zu Sandro. »Machst du das auch so?« – »Ja«, erwiderte er. Daraufhin sagte Anna: »Stimmt, nur ihr zwei bindet euch die Schuhe so, ich will das auch lernen.«

Den Rest der Zeit verbrachten wir damit, meine und Sandros Schnürsenkel zu binden und wieder zu lösen, bis Anna, die vor uns kniete, dieselbe Technik beherrschte wie wir. Mehrmals sagte sie: »Trotzdem, es ist lächerlich, das so zu machen.« Schließlich fragte Sandro: »Wann hast du mir das beigebracht?« Ich beschloss, ehrlich zu sein: »Ich glaube nicht, dass ich dir das beigebracht habe, das hast du von ganz allein gelernt, indem du mich beobachtet hast.« Danach hatte ich schlimmere Schuldgefühle als je zuvor.

Vanda schrieb mir hinterher, gab mir mit bösen Worten zu verstehen, dass beide Kinder wie immer den Eindruck gehabt hatten, ich sei nicht ganz bei der Sache gewesen, weshalb sie von mir enttäuscht gewesen seien. Kein Wort zum Schuhebinden, bestimmt hatten Sandro und Anna ihr nichts davon erzählt. Aber ich wusste, dass uns dieses Binden und Lösen näher oder zumindest so nah gebracht hatte, wie wir es seit ihrer Geburt nie mehr gewesen waren. Das hoffte ich zumindest und wollte zu gern glauben, dass es sich genauso abgespielt hatte. Dort in der Bar hatte ich sie mehr denn je als meine Kinder empfunden und mit jeder Faser meines Körpers die Verantwortung für das gespürt, was ich ihnen genommen, was ich ihnen angetan hatte, indem ich ihnen all diese liebevollen Rituale vorenthielt. Ich weinte Tag und Nacht und achtete darauf, dass Lidia nichts davon mitbekam. Schon deshalb konnte ich einfach nicht glauben, dass die beiden zu ihrer Mutter gesagt haben sollten, ich habe sie enttäuscht. Aber da ich mir sicher sein konnte, dass Vanda nicht log – sie log nie –, ging ich davon aus, dass Sandro und Anna gelogen hatten. Sie hatten es nur gut gemeint, denn hätten sie ihrer Mutter erzählt, unser Treffen sei schön gewesen, hätte sie darunter gelitten, und alles, was sie leiden ließ, machte ihnen mittlerweile Angst. Lieber verschwiegen sie, wie viel Positives sie an mir entdeckt hatten, damit Vanda nicht enttäuscht war.

Damals musste ich auch wieder an meine Mutter denken, daran, wie sie sich mit dem Rasiermesser meines Vaters eine Pulsader aufgeschnitten hatte. Das Blut war zu Boden getropft, und wir Kinder waren die Ersten gewesen, die sie daran hinderten, sich auch noch die andere aufzuschneiden. Der Schutzpanzer, den ich mir angesichts solcher Szenen in Kindheit und früher Jugend zugelegt hatte, erlitt einen Riss. Das ferne Leid meiner Mutter, ihre Unzufriedenheit und Wut beziehungsweise der Hass auf den Mann, den sie abbekommen hatte, überfielen mich ungebremst, mit ungekannter Heftigkeit. Durch diesen Riss drang auch Vandas Schmerz. Zum ersten Mal spürte ich nicht nur am eigenen Leib, wie viel Leid ich ihr zugefügt hatte, sondern begriff mit derselben unerträglichen Intensität, dass unsere beiden Kinder direkt davon betroffen, ja vielleicht sogar zerrissen worden waren, während ich strikt darauf geachtet hatte, die Folgen zu lindern. Trotz alledem fragten sie nach dem Schuhebinden: Bindest du dir die Schuhe so wie ich? Du bist lächerlich, aber bringst du's mir bei?

9.

Ich traf sie erneut. Schaute in ihrer Wohnung in Neapel vorbei und bemühte mich um eine gewisse Regelmäßigkeit. Ich beherbergte sie in Rom. Ich führte sie zum Mittag- und Abendessen aus – etwas für sie noch nie Dagewesenes – und ließ sie in der Wohnung übernachten, die ich im Viale Mazzini angemietet hatte und in der ich seit Kurzem mit Lidia lebte. Mir dämmerte, dass ich – selbst wenn sich mein zaghafter Erfolg fortsetzte – niemals die Spur der Verwüstung würde rechtfertigen können, die ich hinterlassen hatte, und machte mir das Leben dermaßen schwer, dass ich sogar meine Arbeit vernachlässigte. Aber der damit verbundene Schmerz hatte sich mittlerweile unauslöschlich in sämtliche Gesten und Worte geschlichen. Anna verwehrte sich Lidias zuvorkommender Art von Anfang an und zeigte ihr demonstrativ, dass sie sie nicht ausstehen konnte. Und Sandro wollte, nach dem ein oder anderen mürrischen Versuch, die Situation zu akzeptieren, keinen Fuß mehr in eine Wohnung setzen, in der ich mit einer Frau zusammenlebte, die nicht seine Mutter war. Sie forderten ständige Aufmerksamkeit, wollten, dass ich ihnen rund um die Uhr zur Verfügung stand. Wenn ich nur wenig oder gar nicht arbeitete, bekam ich Probleme, und um das zu vermeiden, sah ich mich gezwungen, weniger Zeit mit Lidia zu verbringen. Mein Leben mit ihr, das ungebundene Leben, das wir bis dahin geführt hatten, wurde verdrängt und von der Realität eingeholt, von dem Schatten Vandas und den Flausen Sandros und Annas.

»Kümmere dich ruhig um deine Kinder«, sagte Lidia einmal.

»Und du?«

»Ich kann warten.«

»Nein, du wirst nicht auf mich warten. Du hast deine Arbeit und deine Freunde, du wirst mich verlassen.«

»Ich werd auf dich warten, hab ich gesagt.«

Aber sie war nicht glücklich, führte zunehmend ein Eigenleben. Und die beiden Kinder waren auch nicht glücklich, genauso wenig wie Vanda, die ständig was zu meckern hatte – egal wie sehr ich mich um die Kinder kümmerte, egal wie strikt ich all ihre Auflagen einhielt. Ich rang mich beispielsweise dazu durch, Sandro und Anna nur in der Wohnung in Neapel zu treffen – einerseits weil sie dort zur Schule gingen und ihre Freunde hatten, andererseits weil ich Lidia das Leben nicht noch schwerer machen wollte, aber auch weil Vanda es so wollte. Sie empfing mich mal mit Groll, mal mit offenen Armen. Wenn ich sie aus irgendeinem Grund verstimmte, rächte sie sich mit einer gehässigen Bemerkung. Aber wenn ich mich gefügig zeigte, nahm sie mich freundlich auf, ließ mich arbeiten und verbot den Kindern, mich zu stören, bis sie irgendwann damit begann, beim Mittag- oder Abendessen für mich mitzudecken.

Schon bald war es bequemer, Sandro und Anna bei Vanda statt in Rom zu treffen, und auch ergiebiger, was meine Arbeit anbelangte. Als Lidia auf Geschäftsreise ging – sie würde eine ganze Woche fortbleiben –, gab ich dem Drängen der Kinder nach und fuhr nach Neapel. Ich blieb nicht nur eine Nacht, sondern alle sieben Tage. Eines Abends redeten Vanda und ich lange darüber, wie wir uns vor fast zwanzig Jahren kennengelernt hatten. Wir streckten uns auf unserem alten Ehebett aus, allerdings ohne uns zu berühren, und während wir über längst vergangene Zeiten redeten, übermannte uns der Schlaf. Als ich Lidia wiedersah, erzählte ich ihr davon. Damals nervten mich ihre ständigen berufsbedingten Abwesenheiten, die wachsende Anerkennung, die ihr entgegenschlug, aber auch ihre Toleranz trotz der komplizierten Situation, in die ich sie gebracht hatte. Sie war immer freundlich und reagierte nie beleidigt, wenn die Kinder und meine Frau mit langen Telefonaten in unser Privatleben eindrangen. Wir hatten kein Trennungsjahr eingelegt, weshalb die neueste Errungenschaft namens Scheidung für uns nicht infrage kam. Lidia stellte keine Ansprüche, protestierte nicht, sondern reagierte nur mit Schärfe, wenn ich ihr ihre ständige Arbeitsbelastung zum Vorwurf machte. Das nährte wiederum meinen Verdacht, dass ihr nicht mehr viel an mir beziehungsweise uns beiden lag. Deshalb hoffte ich, dass sie sich aufregen, wütend werden, weinen würde. Doch stattdessen verlor sie kein Wort und wurde nur leichenblass. Bis sie eines Tages ohne jeden Streit die Wohnung verließ, die wir gemeinsam gemietet hatten, und in ihr einstiges Einzimmerapartment zurückkehrte. Auf meinen Protest und mein Flehen hin sagte sie bloß: »Ich brauche meinen Freiraum, genau wie du.«

Eine Zeit lang lebte ich allein, doch das machte mich traurig. Ich kehrte nach Neapel zurück, zu den Kindern und meiner Frau – erst nur für eine Woche, dann für zwei und schließlich für drei. Aber ich hielt es ohne Lidia einfach nicht aus. Monatelang telefonierte ich ihr wie ein Besessener hinterher, achtete dabei strikt darauf, dass weder die Kinder noch Vanda etwas mitbekamen. Lidia ging sofort dran und sprach liebevoll mit mir, doch sobald ich sagte, ich wolle sie dringend sehen, legte sie ohne ein Wort des Abschieds auf. Als ich, erschöpft vor Sehnsucht und wegen der sich immer weiter stabilisierenden Beziehung zu Vanda und den Kindern, eine Art heimliche Affäre vorschlug, ohne jede Verpflichtung für sie und mich, zu dem einzigen Zweck, ab und zu unbeschwert zusammen sein zu können, brach sie den Kontakt vollständig ab. Es war eine schlimme Zeit. Um den Schmerz zu dämpfen, steckte ich meine ganze Energie in eine Fernsehsendung, die beträchtlichen Erfolg hatte, und begann so gut zu verdienen, dass ich die Familie in die Hauptstadt nachholen konnte.

10.

Ich weiß nicht mehr genau, wann ich anfing, mich vor Vanda zu fürchten. Zumal ich es mir nie richtig eingestanden habe. Es ist das erste Mal, dass ich dieses Gefühl in Worte fasse: Ich fürchte mich vor Vanda. Dennoch bleibt es schwierig. Das von mir benutzte Verb fürchten erscheint mir irgendwie unpassend. Ich benutze es aus reiner Bequemlichkeit, eigentlich ist es zu eng gefasst, lässt vieles unberücksichtigt. Vereinfacht gesagt, verhält es sich folgendermaßen: Von 1980 bis heute habe ich mit einer Frau zusammengelebt, die zwar klein von Statur, extrem dünn und, was ihre Knochen betrifft, mittlerweile sehr zerbrechlich ist, die aber genau weiß, wie sie mir die Sprache, die Kraft und den Mut rauben kann.

Ich glaube, das hat sich einfach so ergeben. Sie nahm mich wieder auf, aber nicht mit der sanftmütigen Liebe, die die ersten zwölf Jahre unserer Ehe prägte. Sondern irgendwie angestrengt, wobei sie es nicht versäumte, sich selbst zu loben: Ständig erzählte sie, wie sehr sie an sich gearbeitet und sämtliche Tabus aus ihrem Leben verbannt habe, erzählte von ihrer Entschlossenheit, sich als Frau zu verwirklichen. Damit begann eine lange Phase, in der es ihr aus meiner Sicht nicht gelang, zu innerem Gleichgewicht zu finden. Sie rieb sich auf, Hände und Augen standen niemals still, und sie rauchte viel. Sie wollte nicht, dass wir dort weitermachten, wo wir vor der Ehekrise stehen geblieben waren, weigerte sich, wieder sie selbst zu werden. Jeden Tag musste ich mir anhören, wie jung, schön, elegant und frei sie sei – und zwar in weit größerem Maße als die junge Frau, für die ich sie verlassen hatte.

Ich tat überrascht. Bestimmt versuchte ich, ihr klarzumachen, dass mir ihre liebevolle Zuwendung von früher genügte und es keinerlei Grund gab, sich so anzustrengen. Doch ich sollte bald merken, dass sie schon auf die leiseste Kritik scharf reagierte. Ich war davon ausgegangen, dass sie aus Stolz über ihren Sieg alles vergessen würde, und sie vergaß tatsächlich, aber anders, als ich mir das vorgestellt hatte. Sie vermied es, mir vorzuwerfen, was ich ihr angetan hatte, ließ die Enttäuschungen und Verletzungen verblassen. Aber der Schmerz aus dieser Zeit wollte einfach nicht verschwinden, sondern suchte sich neue Wege. Vanda litt nach wie vor, und ihr Leid äußerte sich in Unnachgiebigkeit. Sie litt und regte sich auf, sie litt und wurde bösartig, sie litt und schlug einen verächtlichen Ton an, sie litt und blieb eisern. Mit jedem Tag unseres neuen Lebens wollte sie im Grunde eines beweisen: Ich bin nicht mehr so angepasst wie früher. Wenn du nicht machst, was ich will, dann geh!

Ich stellte fest, dass mich ihre Unausgeglichenheit sehr

deprimierte. Auch wenn ich den Schmerz, den ich ihr zugefügt hatte, kaum an mich herangelassen hatte, bemerkte ich diese Wunde, die etwas ganz anderes war als akute Verzweiflung, sofort und spürte ihre Last, die damit verbundene Strafe. Langsam und voller Schuldgefühle schaffte ich es, mein Unbehagen zu unterdrücken. Ich zwang mich, ihr täglich Komplimente zu machen, wartete geduldig darauf, dass sie endlich genug davon hätte, mir ihre Intelligenz, die Radikalität ihrer politischen Ansichten, ihre Enthemmtheit im Bett und ihr neu gewonnenes Selbstbewusstsein vorzuführen. Das half. Sie hörte auf, mit Zitaten um sich zu werfen und gegen alles zu rebellieren, ihr sexueller Appetit ließ nach, und ihr Auftreten wurde bescheidener. Trotzdem machte sie auch weiterhin schon bei der kleinsten Meinungsverschiedenheit ein finsteres Gesicht. Kaum vertrat ich eine andere Position, war sie alarmiert. Ein Stein des Anstoßes, den sie nicht ertrug, und sie wurde blass, zündete sich mit zitternden Händen eine Zigarette an, an der sie in extrem kurzen Abständen zog, verteidigte ihre Haltung, indem sie sie ad absurdum führte. Sie beruhigte sich erst wieder, wenn ich ihr recht gab. Dann schlug ihre Stimmung abrupt um, und sie wurde übertrieben fröhlich und gefügig. Ich begriff rasch, dass sie sich in früheren Jahren aus einem Harmoniebedürfnis heraus stets nach mir gerichtet hatte, während sich diese Harmonie jetzt für sie nur einstellte, wenn ich mich stets nach ihr richtete. Vermutlich weil sie jeden Widerspruch meinerseits als Anzeichen für eine neue Krise wertete. Gleichzeitig ärgerte sie sich selbst über ihre ständige Alarmbereitschaft: Jetzt war sie es, die zuerst alles über den Haufen werfen wollte. Ich lernte, mich nicht in ihre Angelegenheiten einzumischen, ihr meine zu verheimlichen und ihr stets mit wohlwollendem Einvernehmen zu begegnen.

So blieb es im Großen und Ganzen in den beiden Jahren nach unserer Versöhnung. Es war eine schwierige Zeit. Danach wurde Vanda ausgeglichener. Auch wenn ich gut verdiente, wollte sie ebenfalls berufstätig sein und arbeitete in der Kanzlei eines Steuerberaters. Obwohl sie immer dünner wurde und sich immer mehr verausgabte, verdoppelte sie ihre Anstrengungen. Sie vernachlässigte weder die Wohnung noch mich und die Kinder. Und ich achtete strikt darauf, keinen Fehler zu machen. Zerstreut ergriff ich bei Problemen in ihrem Job für sie Partei, wurde zum stummen Zuschauer der Schikanen, die sie den Putzfrauen zumutete, und hielt mich an ihre strengen Regeln im Haushalt. Bei jedem öffentlichen Anlass bat ich sie, mich zu begleiten, was sie gerne tat. Sie übersah nicht das Geringste, und bei unserer Rückkehr zerpflückte sie genüsslich die Eitelkeit berühmter Männer und die Vorzüge der Frauen, die zu vertraulich mit mir umgegangen waren – ihre zuckersüßen Stimmchen, ihre künstliche Schönheit und ihr angeberisches Gerede. Sie war sehr gut darin, sowohl die einen als auch die anderen lächerlich zu machen, um mich zu amüsieren.

Der einzige Bereich, bei dem ich mich mehrfach einzumischen versuchte, war die Erziehung unserer Kinder. Es störte mich, dass sie ihnen ein so asketisches Leben aufzwang: keinerlei überflüssige Ausgaben, so gut wie kein Fernsehen, wenig Musik, kaum Ausgeh-Abende, dafür Lernen, Lernen und noch mal Lernen. Ich spürte Sandros und Annas Blicke, die mich bei verschiedenen Anlässen abwechselnd stumm anflehten, meine Autorität in ihrem Sinne geltend zu machen. Und da ich mir einbildete, ihretwegen zurückgekehrt zu sein, sagte ich mir: Werde deiner Vaterrolle gerecht, hier musst du dringend einschreiten. Ich schritt tatsächlich ein, vor allem wenn sie gegen irgendeine Regel verstießen und von Vanda gezwungen wurden, ewig darüber zu diskutieren, wobei Vandas Stimme gelassen blieb, sie die beiden aber dennoch zwang, ihre Argumentation nachzuvollziehen. Irgendwann konnte ich mich nicht mehr beherrschen und sagte, wenn auch behutsam, meine Meinung, in dem Versuch zu vermitteln. Vanda verstummte und ließ mich ausreden, die Miene der Kinder hellte sich auf, und Anna warf mir einen dankbaren Blick zu. Doch es vergingen nur wenige Sekunden, und ihre Mutter fuhr fort, als hätte sie mich gar nicht gehört, als hätte ich solchen Unsinn geredet, dass darauf einzugehen reine Zeitverschwendung wäre, beziehungsweise als gäbe es mich gar nicht. Sie trieb sie mit weiteren Argumenten in die Enge und fragte: »Sagt freiheraus, was ihr denkt: Seid ihr jetzt einverstanden oder nicht?«

Einmal überkam es sie allerdings, und sie sagte eiskalt: »Wer redet hier eigentlich – du oder ich?«

»Du.«

»Dann geh und lass mich in Ruhe mit meinen Kindern sprechen.«

Ich gehorchte und enttäuschte die beiden. Es folgten Stunden des Schmollens und später, in der Nacht, ein richtiger Streit.

»Bin ich etwa keine gute Mutter?«

»Das hab ich doch nie behauptet.«

»Sollen sie etwa wie Lidia aufwachsen?«

»Was hat das jetzt mit Lidia zu tun?«

»Ist sie nicht dein großes Vorbild?«

»Hör auf damit!«

»Wenn du willst, dass sie wie Lidia aufwachsen, dann zieht doch alle drei zu ihr. Ich halt es mit euch einfach nicht mehr aus.«

Ich hielt mich zurück, wollte vermeiden, dass sie schrie, weinte und erneut in einen Abgrund stürzte. Der Schmerz war stets gegenwärtig und schien kein Ende zu nehmen. Ich gewöhnte mir an, so zu tun, als wäre ich mit den Gedanken woanders, sobald sie die Kinder mit unzähligen Fragen quälte, auf die sie ebenso schlüssige wie aufrichtige Antworten verlangte. Inzwischen warfen mir Anna und Sandro nur noch mutlose Blicke zu. Anfangs hatten sie sich bestimmt noch gefragt: Wer ist dieser Mann? Was geht in ihm vor? Wann ringt er sich endlich dazu durch, uns zu Hilfe zu eilen und zu rufen »Es reicht, lass sie in Frieden!«? Jetzt fragten sie sich das nicht mehr. Vielleicht hatten auch sie begriffen, dass das die einzig mögliche Form von Harmonie war. Eine Harmonie, der ich ein Ende hätte bereiten können, wenn ich auf die Worte, die Vanda stets auf der Zunge lagen (»Entweder du beweist mir von früh bis spät, dass du mich bedingungslos akzeptierst, oder aber: Dort ist die Tür, verschwinde!«), wie folgt reagiert hätte: »Schrei doch, so viel du willst, bring dich und deine Kinder um, ich ertrag dich nicht mehr, ich gehe.« Aber dazu konnte ich mich nie durchdringen. Das hatte ich schon einmal getan – vergeblich!

Die Jahre vergingen, und aus uns wurde eine wohlhabende, angesehene Familie. Ich verdiente gutes Geld. Als eiserne Sparerin legte Vanda etwas davon beiseite, und wir kauften diese Wohnung, nur wenige Schritte vom Tiber entfernt. Sandro machte seinen Universitätsabschluss, nach ihm Anna. Beide tun sich schwer, Arbeit zu finden, verlieren ständig ihren Job, bitten uns um Geld, führen ein chaotisches Leben. Sandro zeugt Kinder mit jeder Frau, die er liebt, er hat vier. Für die Kinder tut er alles, findet, sie sind das Einzige, was zählt. Anna hat sich geweigert, Kinder in die Welt zu setzen, sie hält das für eine von vielen unzivilisierten Angewohnheiten der Menschheit, für ein animalisches Überbleibsel. Weder er noch sie unterbreiten mir ihre zuweilen absurden Anliegen, weil sie wissen, dass ihre Mutter in jeder Hinsicht das Kommando hat. Sie haben erlebt, wie ich quasi stumm, gleich einem harmlosen Gespenst, durch die Wohnung husche, so gut wie stumm. Und haben nicht einmal unrecht damit. Mein Leben hat sich überwiegend außerhalb der Familie abgespielt. In der Familie bin ich der Schattenmann, fast immer schweigsam, auch wenn Vanda überschwänglich meinen Geburtstag feiert, meine Freunde und meine Verwandten einlädt. Es hat keinerlei Konflikte mehr gegeben. Bei jedem offiziellen oder privaten Anlass schwieg ich oder nickte vage amüsiert, während sie ironisch, dunkel-anspielungsreich und auf den ersten Blick liebevoll mit mir redete.

Ironisch, ja, aber manchmal auch sarkastisch. Und im Ton immer schwankend zwischen Zuckerbrot und Peitsche. Sobald ich aus Versehen etwas Falsches sage oder den Blick schweifen lasse, hagelt es sofort bissige Bemerkungen, und ich gehe innerlich in Deckung. Was meine Vorzüge, meine Talente anbelangt – na ja. Vanda hat mir, den Kindern, Putzfrauen, Freunden und Gästen oft zu verstehen gegeben, dass ich ein guter Mensch, ein guter Partner und früher sehr talentiert gewesen bin. Trotzdem hat sie sich nie explizit für meine Arbeit, meine Erfolge begeistert, und wenn sie diese halbherzig gelobt hat, dann nur um zu betonen, dass sie uns einen gewissen Wohlstand ermöglicht haben.

Einmal – es dürfte etwa fünfzehn Jahre her sein, wir liefen im Sommerurlaub am Meer entlang – wandte sie sich plötzlich in ihrem typischen Tonfall an mich, nur dass sie es diesmal ernst meinte: »Ich kann mich, was uns betrifft, an nichts erinnern.«

Ich nahm all meinen Mut zusammen und fragte: »Von welchem Zeitraum sprichst du?«

»Immer schon: Seit wir uns kennengelernt haben, bis heute, bis zu meinem Tod.«

Ich vermied es, darauf zu reagieren, und machte mich auch nicht über ihre vage Zeitangabe lustig. Ein Funkeln im Wasser war meine Rettung: Da lag ein Hundertlirestück. Ich hob es auf und gab es ihr, um ihr eine Freude zu machen. Sie musterte es aufmerksam und warf es dann zurück ins Meer.

II.

Ich habe oft an diese Worte denken müssen. Manchmal werde ich nicht daraus schlau, manchmal sind sie für mich der Schlüssel zu allem. Sowohl sie als auch ich beherrschen die Kunst der Verschwiegenheit. Aus unserer damaligen Ehekrise haben wir beide gelernt, dass wir deutlich weniger ansprechen dürfen und mehr für uns behalten müssen. Das hat gut funktioniert. Was Vanda sagt oder tut, lässt fast immer auf das schließen, was sie verheimlicht. Während meine ständige Zustimmung verschleiert, dass es seit Jahrzehnten nichts, aber auch wirklich gar nichts mehr gibt, das uns emotional verbindet. 1975, bei einer unserer grausam ehrlichen Auseinandersetzungen, brüllte sie: »Deshalb hast du dir den Ehering aufsägen lassen! Weil du mich loswerden willst.« Und da ich unmerklich nickte – mein Körper hatte sich damals verselbstständigt –, zog Vanda ihren Ehering ab und schleuderte ihn von sich. Der Goldring prallte gegen die Wand, landete auf dem Herd, fiel zu Boden und sauste unter ein Möbelstück, als wäre er lebendig. Fünf Jahre später, als meine Rückkehr besiegelt zu sein schien, tauchte der Ring erneut an ihrem Finger auf. Das bedeutete: Ich fühle mich wieder an dich gebunden, und du? Die stumme Frage hatte den neuen Befehlston und erforderte eine sofortige Antwort – egal ob stillschweigend oder lauthals. Ein paar Tage hielt ich dagegen, wobei mir nicht entging, dass sie immer nervöser mit ihrem Ring spielte. Das Treueversprechen diente vor allem dazu, meine Absichten zu überprüfen. Ich ging zu einem Juwelier und kehrte mit einem Goldring am Finger zurück, in den ich das Datum unserer Versöhnung hatte eingravieren lassen. Sie kommentierte das nicht, und ich ebenso wenig. Trotz des Rings hatte ich gleich darauf eine Geliebte – drei Monate nach meiner Rückkehr – und war bis vor wenigen Jahren notorisch untreu.

Warum, weiß ich selbst nicht so genau. Bestimmt lag es auch an der willkommenen Abwechslung, die das Spiel der Verführung bedeutete, an meiner sexuellen Neugier und der (unbegründeten) Hoffnung, mit jedem Flirt könnte meine verloren gegangene Kreativität wieder aufflammen. Dennoch ziehe ich einen weniger eindeutigen, dafür ehrlicheren Beweggrund vor: Ich wollte mir beweisen, dass ich die Partnerschaft zwar wieder gekittet hatte, zu meiner Familie zurückgekehrt war und wieder einen Ehering trug, aber doch frei war, keine echten Bindungen mehr hatte.

Bei alledem ging ich stets mit äußerster Vorsicht vor. Es gab keine einzige willige Frau, der ich bei passender Gelegenheit nicht sagte: »Ich begehre dich zwar, aber wenn unsere Beziehung von Dauer sein soll, müssen wir mit offenen Karten spielen. Ich bin ein verheirateter Mann, habe meiner Frau und meinen Kindern schon einmal unerträgliches Leid zugefügt und möchte das nicht wiederholen. Alles, was uns bleibt, ist ein bisschen Spaß für kurze Zeit, und das bei maximaler Diskretion: Wenn du damit einverstanden bist, prima! Ansonsten lassen wir es lieber sein.« Ich bin nie schwach angeredet worden deswegen. Die Zeiten hatten sich geändert: Sie verlangten immer öfter, dass unverheiratete wie auch verheiratete Frauen sich rücksichtslos nahmen, was sie wollten, genau wie die Männer. Junge Frauen kamen sich altmodisch vor, wenn sie sich zu sehr zierten, und die mit Mann und Kind betrachteten den Ehebruch als lässliche Sünde oder, besser gesagt, als männliche Marotte, der sie sich fügten. Daher lebten sie ihr Verlangen aus, ohne sich gleich die große Liebe davon zu versprechen, und hörten mir belustigt zu, als wäre meine Vorrede nur eine pikante Anekdote. Schon kam es zum Seitensprung. In sehr seltenen Fällen hatte ich das Gefühl, den Kopf zu verlieren, und befürchtete, es ginge alles wieder von vorne los. In erster Linie wenn meine Geliebte mit mir Schluss machte. Dann riss die Wunde, die Lidia hinterlassen hatte, für ein paar Wochen oder Monate wieder auf, und ich fühlte mich sterbenselend.

Aber es kam nie wirklich dazu, und es war tatsächlich Lidias langer Schatten, der mich davor bewahrte, neue Verheerungen anzurichten. Ich gab mich keiner anderen Frau richtig hin, weil ich stets ihr verbunden blieb. Ich habe Lidia nie vergessen und bin immer noch verstört, wenn ich an sie denke. Deshalb verging auch kein Jahr, in dem ich es nicht irgendwie schaffte, sie zu treffen. Ich habe ihren weiteren Lebensweg genauestens verfolgt. Sie unterrichtet nach wie vor an der Universität, steht aber kurz vor der Pensionierung. Sie schreibt für Zeitungen und ist eine hoch angesehene Wirtschaftswissenschaftlerin – besonders in Fragen aktueller Arbeitslosigkeit und Armut in unserem Land. Vor dreißig Jahren hat sie einen ziemlich bekannten Schriftsteller geheiratet, einen von denen, die ein Leben lang einen gewissen Ruf genießen, aber nach ihrem Tod von niemandem mehr gelesen werden. Die beiden führen eine gute Ehe. Sie hat drei Söhne, die inzwischen alle erwachsen sind, alle mit hoch bezahlten Jobs im Ausland, in wichtigen Branchen. Ich freue mich für sie. Schön, dass sie ein glückliches Leben führt! Wenn wir uns sehen – anfangs wollte sie mich nicht treffen, dann passte ich sie vor der Haustür ab und beobachtete sie aus der Ferne, war fasziniert von ihrer farblich perfekt aufeinander abgestimmten Kleidung und ihrer eleganten Erscheinung, aber mit der Zeit hat sie nachgegeben, und unsere Verabredungen sind zu einer Art Gewohnheit geworden, zu einem jährlichen Ritual, das mich allerdings nach wie vor aufwühlt –, erzählt sie viel von sich. Es waren und sind harmlose Treffen. Ich höre ihr aufmerksam zu. Mit der Zeit hat sie im Leben mehr Erfüllung gefunden als ich, und jetzt, wo ihr eigener Erfolg stetig nachlässt, spricht sie ausgiebig und liebevoll über die Erfolge ihrer Kinder. Ihr Mann weiß alles über uns, vermutlich schildert sie ihm sogar mein frustriertes Altmännergejammer und die Enttäuschungen, die Sandro und Anna mir bereitet haben und noch immer bereiten. Vanda dagegen weiß nicht, dass ich den Kontakt zu der Frau, für die ich sie vor langer Zeit verließ, nie ganz abgebrochen habe. Ich möchte mir gar nicht erst ausmalen, was wäre, wenn sie davon erführe. Schon Lidias Name ist seit vier Jahrzehnten tabu. Ich bin mir sicher, dass sie die lange Liste meiner Geliebten ertragen könnte, nicht aber den Beweis, dass ich Lidia nach wie vor sehe, spreche und liebe.

DRITTES KAPITEL

1.

Ich schrak hoch. Ich befand mich immer noch im Arbeitszimmer, lag aber auf der Seite, unter mir Vandas Briefe. Die Lampe brannte noch, auch wenn inzwischen bereits die Morgenröte durch die Ritzen der Rollläden drang. Ich war über den Wutausbrüchen, Bitten und Tränen von vor vierzig Jahren eingeschlafen.

Ich stützte mich auf, mit Schmerzen im Rücken, im Nacken und an der rechten Hand. Ich versuchte hochzukommen, schaffte es aber nicht und musste zunächst auf alle viere gehen, um mich dann stöhnend am Regal aufzurichten. Ich spürte eine Enge in der Brust. Sie stammte aus einem Traum, der mich immer noch ganz benommen machte. Was hatte ich geträumt? Dass ich hier war, in dem auf den Kopf gestellten Arbeitszimmer. Lidia lag zwischen den Büchern auf dem Boden und sah genauso aus wie früher. Bei ihrem Anblick fühlte ich mich noch älter und empfand keinerlei Freude, sondern vielmehr Verlegenheit. Meine ganze Wohnung bewegte sich aus Rom hinaus, langsam und sanft schaukelnd, wie ein Boot auf einem Kanal. Kurz empfand ich diese Bewegung als völlig normal, dann merkte ich, dass irgendwas nicht stimmte. Die Wohnung war mit allem Drum und Dran nach Venedig unterwegs, gleichzeitig ließ sie gegen jede Logik einen Teil von sich zurück. Ich verstand einfach nicht, wie in zwei genau gleichen Arbeitszimmern sowohl Lidia als auch ich anwesend sein konnten. Nur dass eines reglos allein zurückblieb, während sich das andere mitsamt der kompletten Wohnung entfernte. Dann merkte ich, dass die junge Frau, die mit mir nach Venedig unterwegs war, bei näherer Betrachtung nicht Lidia war, sondern die Frau mit dem Elektrosimulator. Mir verschlug es den Atem.

Ich schaute auf die Uhr: zwanzig nach fünf. Auch das rechte Bein tat mir weh. Mühsam zog ich die Rollläden hoch, öffnete die Balkontür und trat hinaus in die frische Luft, um richtig wach zu werden. Durchdringender Vogelgesang, dazu kalte Himmelsrechtecke zwischen den Gebäuden. Ich muss die Briefe loswerden, bevor Vanda aufwacht!, sagte ich mir. Es würde ihr bestimmt nicht gefallen, dass sie die Zeit überdauert und die Diebe sie ans Tageslicht gezerrt hatten. Dass sie dort auf dem Boden lagen und ich sie gelesen, jawohl, und nicht etwa wiedergelesen hatte, so als hätte ich sie erst in dieser Nacht erhalten. Vermutlich wusste sie nicht mal mehr, dass sie sie einst geschrieben hatte. Sie würde wütend werden – vermutlich zu Recht. Es war einfach inakzeptabel, dass Worte, die Folge eines Streits waren, Worte aus einer längst vergessenen Kultur und längst vergessenen Zeitläuften, auf einmal wiederauftauchten. Diese Sätze stammten zwar von ihr, aber gleichzeitig auch wieder nicht – der Nachhall einer Stimme, die nicht mehr die ihre war. Hastig kehrte ich ins Zimmer zurück, hob die Briefe auf und warf sie in den Müll.

Dann fragte ich mich, was ich jetzt tun sollte. Mir einen Kaffee kochen? Duschen, um richtig wach zu werden? Sofort kontrollieren, ob nicht noch andere schmerzliche Dokumente herumlagen? Erneut suchte ich den Raum ab: den Boden, die Möbel, die Müllsäcke, die umgeworfenen Regale und die Zimmerdecke. Mein Blick blieb an dem Würfel aus Prag hängen, an dem Würfel, der meine Geheimnisse enthielt. Er stand viel zu weit vor, fast so, als würde er gleich herunterfallen, sodass ich es für nötig hielt, ihn nach hinten zu schieben. Doch zuerst lauschte ich, ob Vanda noch schlief. Da die Vogelstimmen so laut waren und alles andere übertönten, öffnete ich eine Zimmertür nach der anderen, wobei ich darauf achtete, dass die Klinken so wenig quietschten wie möglich, und schlich auf Zehenspitzen ins Schlafzimmer. Ich sah meine Frau im Halbdunkel daliegen, eine kleine alte Frau, die mit offenem Mund schlief und regelmäßig atmete. Sie träumt und fühlt!, schoss es mir durch den Kopf. Sie musste die Unerbittlichkeit abgelegt haben, mit der sie sich vor mir, vor den Kindern, vor der ganzen Welt geschützt hatte, ein Leben lang, und war einfach nur sie selbst. Doch ich wusste nichts von dem, was in ihr vorging, und würde es auch nie erfahren. Ich küsste sie auf die Stirn. Sie hielt kurz die Luft an und atmete dann weiter.

Genauso behutsam, wie ich sie geöffnet hatte, schloss ich sämtliche Türen hinter mir und kehrte ins Arbeitszimmer zurück. Kaum stand ich oben auf der Metallleiter, machte ich den blauen Würfel auf, indem ich fest auf eine seiner Seiten drückte. Er war leer.

2.

Der Würfel aus Prag beherbergte jahrzehntelang um die zwanzig zwischen 1976 und 1978 entstandene Polaroids. Ich hatte mir diese Kamera gekauft, weil ich Lidia damals ständig fotografieren musste. Während normale Fotoapparate verlangten, dass man den Film, sofern man ihn nicht selbst entwickeln konnte, zum Fotografen brachte und sein Privatleben den Blicken Wildfremder aussetzte, ließen sich die Bilder mit diesem Gerät aufnehmen und gleich darauf ausdrucken. Lidia konnte gar nicht schnell genug zu mir eilen, um gemeinsam mit mir das Wunder zu bestaunen, nämlich wie ihr zierlicher Körper aus dem dichten Nebel eines kleinen, vom Fotoapparat ausgeworfenen Papierrechtecks langsam hervortrat. Damals entstanden jede Menge Polaroids. Als ich zu Vanda zurückkehrte, nahm ich die mit, bei denen ich den Eindruck hatte, nicht nur Lidia, sondern auch meine eigene Lebensfreude festgehalten zu haben.

Verwirrt blieb ich oben auf der Leiter stehen. Aus irgendeinem unerfindlichen Grund fiel mir Labes wieder ein, an den ich die ganze Nacht keinen Gedanken verschwendet hatte. »Er ist auf Brautschau gegangen«, hatte der junge Polizist lachend gesagt. Sex ist immer für einen Lacher gut, auch wenn alle wissen, dass er Zwietracht säen, unglücklich machen, zu Gewalt und Verzweiflung, ja in den Tod führen kann.

Wer weiß, wie viele Freunde und Bekannte damals geschmunzelt oder gelacht hatten, als ich von zu Hause ausgezogen war. Sie hatten sich amüsiert (»Aldo lässt es krachen, hahaha!«) genau wie Nadar, der Polizist und ich beim Gedanken an Labes' erotische Streifzüge. Nur dass ich wieder zurückgekehrt war und Labes nicht – noch nicht. Kein Miauen, nichts als der Gesang der Vögel. Ich musste an Vanda denken, die mich bloß genervt angeschaut und nicht über die Bemerkung des Polizisten gelacht hatte. Für sie war Labes entführt worden, und die Entführer würden früher oder später Lösegeld fordern. Aber keiner von uns Männern hatte die Vermutung der alten Dame ernst genommen, der Polizist am allerwenigsten: Zigeuner entführten keine Kater, um sie dann gegen Geld zurückzugeben. Klar!, sagte ich mir oben auf der Leiter. Zigeuner nicht! Und glaubte auf einmal zu verstehen, warum ich plötzlich an Labes gedacht hatte. Fotos und Kater teilten sich den Eros und das Verschwinden. Die Diebe waren nicht irgendwelche Roma-Jungs, die es auf irgendwelche Kettchen abgesehen hatten: Sie stellten Wohnungen auf den Kopf, um die Schwachstellen der Bewohner herauszufinden, dann erneut aufzutauchen und Geld zu erpressen.

Mir fiel wieder ein, wie intensiv sich die junge Frau mit dem Elektrostimulator dem Kater gewidmet hatte und wie ihr lebhafter Blick über Bücher, Nippesfiguren und den blauen Würfel geschweift war. Letzterer war ihr sofort aufgefallen, obwohl er weit oben an einem schwer einsehbaren Ort stand. »Was für eine schöne Farbe«, hatte sie gesagt. Was für ein geschultes Auge! Ich spürte, wie Wut in mir aufstieg, und versuchte, mich zu beruhigen. In meinem Alter wird aus einem Verdacht schnell eine begründete Vermutung, aus einer begründeten Vermutung Gewissheit und aus Gewissheit eine regelrechte Obsession. Vorsichtig stieg ich die Leiter wieder hinunter, Stufe für Stufe. Meine Vermutung drohte, mich auf eine falsche Fährte zu führen. Stattdessen sollte ich lieber überprüfen, ob nicht etwas viel Naheliegenderes, wenn auch deutlich Riskanteres passiert war. Die Diebe – ich verdrängte das Bild von der jungen Frau ganz bewusst, kehrte zu dieser allgemeinen Formulierung zurück – hatten den Würfel gefunden, es geschafft, ihn zu öffnen, aber vielleicht nur kurz über die Fotos geschmunzelt und sie dann zu den tausend anderen aus den Regalen und von der Galerie gefegten Sachen geworfen. Das war die wahrscheinlichste Erklärung. In diesem Fall, so sagte ich mir, muss ich allerdings sofort alles kontrollieren – hier und in den anderen Zimmern. Vanda darf diese Polaroids niemals finden, das wäre die reinste Katastrophe. Denn was für einen Sinn hätten meine Gefügigkeit, die tausend Vorsichtsmaßnahmen und das ständige Zusammenreißen all die Jahre gehabt, wenn wir uns jetzt, im Alter, da man besonders zerbrechlich ist und mehr denn je das Bedürfnis hat, einander zu helfen, zum Schluss noch zerfleischten? Ich zwang mich, jeden Winkel gründlich zu durchsuchen, und begann in den Dingen herumzuwühlen, die sich um das Regal herum aufgetürmt hatten – in der Hoffnung, die Fotos die ganze Nacht vor Augen gehabt zu haben, ohne es zu merken.

Doch je mehr ich in ihnen herumwühlte, desto mehr wurde ich abgelenkt. Ich dachte an Lidia, an die schöne Zeit, die wir miteinander gehabt hatten. Hätte ich die Fotos gefunden, hätte ich sie in den Müll geworfen, genau wie die Briefe. Trotzdem konnte ich die Vorstellung kaum ertragen, dass sie für immer verschwunden waren und ich sie nicht mehr ab und an, wenn ich allein zu Hause war, betrachten, mich daran ergötzen, mich damit trösten und wehmütig spüren konnte, dass ich in meinem Leben wenigstens für kurze Zeit glücklich gewesen war. Schon seit Langem hielt ich meine damalige Lebensfreude und durch nichts vergiftete Unbeschwertheit zunehmend für eine Altersfantasie, für eine Halluzination meines unter Sauerstoffmangel leidenden Hirns. Was nun? Bald würde Vanda aufstehen und mit einer Effizienz, die die meine bei Weitem übertraf, damit beginnen, Ordnung zu schaffen. Ihr Blick trübte sich nicht ein, verlor sich nicht in Hirngespinsten, sondern blieb stets aufmerksam. Die Polaroids konnten im Schlafzimmer oder in den früheren Zimmern von Sandro und Anna gelandet sein. Stieße sie auf die Bilder, würde sie nicht nur entdecken, dass Lidia nie in Vergessenheit geraten und jahrzehntelang in unantastbarer Jugend überdauert hatte, während sie unter meinen Händen und vor meinen Augen unweigerlich gealtert war. Ich wäre dann auch gezwungen, die Fotos in dem Versuch, sie zu beruhigen, vor ihr zu vernichten, sie über der Flamme des Gasherds zu verbrennen, ohne sie noch ein letztes Mal betrachten zu können.

Wieder öffnete ich lautlos die Türen und ging in Annas Zimmer. Auch dort war es die reinste Katastrophe. Ich begann, zwischen Hunderten von Postkarten zu suchen, zwischen Zeitungsausschnitten, Fotos von Schauspielern und Sängern, knallbunten Zeichnungen, Stiften, die nicht mehr schrieben, linierten und karierten Heften, ja allem Möglichen. Dann hörte ich, wie die Schlafzimmertür aufging und Vandas Schritte näher kamen. Bleich und mit verquollenen Augen erschien sie auf der Schwelle.

»Hast du Labes gefunden?«

»Nein, dann hätte ich dich sofort geweckt.«

»Hast du geschlafen?«

»Ein bisschen.«

3.

Wir frühstückten – wie immer beinahe wortlos. Irgendwann versuchte ich, sie wieder ins Bett zu schicken, doch sie weigerte sich. Als sie sich im Bad einschloss, seufzte ich erleichtert auf und eilte schnurstracks in Sandros früheres Zimmer. Aber die Zeit reichte nicht, nach zwanzig Minuten tauchte Vanda mit feuchtem Haar wieder auf. Die schlechte Laune stand ihr ins Gesicht geschrieben, trotzdem war sie bereit, ihre Wohnung gründlichst aufzuräumen.

»Was suchst du?«, fragte sie erstaunt.

»Nichts, ich schaffe Ordnung.«

»Ach ja?«

Ich wurde verlegen. Sie hat sich noch nie auf meine Hilfe verlassen, ist stets davon überzeugt, dass sie es allein schneller und besser kann. Pikiert erwiderte ich: »Hast du gesehen, wie ich im Wohn- und im Arbeitszimmer aufgeräumt habe?«

Sie schaute nach und zeigte sich zufrieden.

»Bist du sicher, dass du nichts weggeworfen hast, was wir noch brauchen?«

»Ich hab bloß ausgemustert, was kaputt war.«

Sie schüttelte wenig überzeugt den Kopf, und ich befürchtete schon, sie würde gleich in den Müllsäcken wühlen.

»Vertrau mir«, sagte ich.

»Die Säcke stören da, bring sie zu den Tonnen«, brummte sie.

Ich wurde nervös, wollte nicht, dass sie in der Wohnung allein blieb, wollte sie nicht aus den Augen lassen und ihr zuvorkommen, sollten die Fotos doch noch irgendwo sein.

»Vielleicht hilfst du mir«, sagte ich. »Das sind ganz schön viele.«

»Dann geh eben öfter! Einer von uns muss hierbleiben.«

»Warum denn?«

»Sie könnten anrufen.«

Sie glaubte nach wie vor, die Diebe würden sich melden und ihr Labes zurückbringen. Das machte mich nachdenklich. Wieder rief ich mir die junge Frau mit dem Elektrostimulator in Erinnerung. Vielleicht würde sie anrufen, vielleicht auch nicht persönlich, sondern der Mann mit den falschen Lederjacken, der vermutlich ihr Komplize war.

»Die werden mich sprechen wollen«, sagte ich.

»Das glaub ich nicht.«

»Normalerweise reden sie mit dem Mann.«

»Quatsch!«

»Bist du wirklich bereit, Lösegeld für den Kater zu zahlen?«

»Willst du etwa, dass sie ihn umbringen?«

»Nein.«

Ich musste immerzu an die Stimme der jungen Frau und des Mannes, an ihr Grinsen und Kichern denken. »Für den Kater wollen wir die Summe X und für die Fotos die Summe Y«, würden sie sagen. – »Und wenn ich nicht zahle?« – »Dann zeigen wir die Fotos ihrer Frau.« – »Nur zu!«, hätte ich erwidern können. »Die darauf gezeigte Frau ist meine Frau, als sie noch jung war.« Aber da würden sie bestimmt lachen und sagen: »Dann ist das ja gar kein Problem, wir geben sie zusammen mit dem Kater ihrer Frau zurück.« Ich sah es bereits genau vor mir.

Ich versuchte Zeit zu schinden und seufzte: »So viel Gewalt!«

»Die gab es schon immer.«

»Aber sie ist noch nie bis in unsere Wohnung vorgedrungen.«

»Glaubst du?«

Ich schwieg, und sie sagte brüsk: »Beeilst du dich?«

Ich beugte mich vor, um eine Scherbe aufzuheben, die ich übersehen hatte.

»Vielleicht sollten wir die Wohnung lieber erst komplett aufräumen und dann den Müll runtertragen.«

»Ich brauche Platz. Los, geh schon!«

Ich trug alle Säcke in den Lift, und am Ende war für mich selbst kein Platz mehr. Ich drückte den Liftknopf und ging zu Fuß ins Erdgeschoss, die Kabine fuhr nach unten. Ich schleppte die Säcke zu den Mülltonnen, sie waren groß und dick und passten weder in die Altpapiertonne noch in die für Altglas oder Plastik. Ich würde die Materialien mühsam sortieren müssen. Doch stattdessen ließ ich die Säcke einfach auf dem Asphalt stehen, wenn auch ordentlich nebeneinander aufgereiht – in der Hoffnung, dass mich Nadar nicht vom Fenster aus beobachtete.

Es war bereits heiß, und ich wischte mir den Schweiß ab. Nadars vermeintlicher Blick rief mir andere Blicke in Erinnerung. Wer sagte denn, dass sich die Diebe telefonisch melden würden? Sie konnten mir auch hier irgendwo auflauern. Der junge Schwarze, der sich an eines der wenigen Autos lehnte, der einzige Mensch in der noch leeren Straße – konnte er nicht auch zu ihnen gehören? Ich ging zurück zur Haustür und beobachtete ihn aus den Augenwinkeln. Mein Herz schlug rascher, und ich fühlte mich irgendwie aufgebläht, außerdem tat mir der Nacken weh. Zum ersten Mal wünschte ich, Sandro oder Anna würden auf einmal dastehen und mir helfen, mich aber vor allem von meinem gealterten Ich befreien und mich wie immer liebevoll aufziehen: »Du übertreibst, siehst überall Gefahren und Verschwörungen. Du bist ständig in Gedanken und schreibst insgeheim an den Drehbüchern weiter, die du bis vor zehn Jahren noch verfasst hast.«

Nervös betrat ich die Wohnung. Ein Blick würde genügen, um festzustellen, ob Vanda die Fotos inzwischen gefunden hatte. Hastig legte ich mir das ein oder andere beschwichtigende Wort zurecht, dass ich im Notfall fallen lassen konnte: Keine Ahnung, woher die sind, gib her, dann werf ich das auch weg. Ich überlegte, auf der Notwendigkeit zu bestehen, endlich mal gründlich aufzuräumen: Die auf diesen Zustand reduzierte Wohnung schrie förmlich danach, erst recht auf den Kopf gestellt zu werden. Vanda schien ohnehin dieser Meinung zu sein, wenn sie extra so früh aufgestanden war, um sich an die Arbeit zu machen. Aber als ich mich dem Wohnzimmer näherte, hatte ich nicht den Eindruck, dass sie groß was getan hatte. Ich ertappte meine Frau dabei, dass sie in einer Ecke wühlte, als hätte sie etwas verloren. Kaum hatte sie mich gehört, erhob sie sich mit verkniffenem Mund und strich sich das Sommerkleid glatt.

4.

Es wurde ein brütend heißer Tag. Ich überließ Vanda das Wohn- und Arbeitszimmer und räumte Annas und Sandros Zimmer auf. Ich übernahm das freiwillig, um in Ruhe nach den Fotos suchen zu können. Von meiner Frau war nichts zu hören, nicht der geringste Laut, und nach einer Weile durchforstete ich auch Schlafzimmer und Bad. Nachdem ich mich davon überzeugt hatte, dass die Fotos nirgendwo zu finden waren, und ich folglich mit dem Schlimmsten rechnen musste, kehrte ich ins Wohnzimmer zurück. Meine Frau stand auf der Schwelle zum Balkon, als ich eintrat, sie starrte nach draußen. Die ganze Zeit über hatte sie rein gar nichts getan, das Zimmer war immer noch in dem Zustand, in dem ich es verlassen hatte.

»Geht's dir nicht gut?«, fragte ich.

»Es geht mir ausgezeichnet.«

»Ist irgendwas nicht in Ordnung?«

»Nichts ist in Ordnung.«

So liebevoll wie ich nur konnte, sagte ich: »Labes kommt zurück, du wirst schon sehen.«

Sie drehte sich zu mir um.

»Wieso lässt du mich ausgerechnet jetzt wissen, warum du ihn so nennen wolltest?«

»Das hab ich dir doch nie verheimlicht! Er ist *La bestia,* kurz Labes, unser Haustier. Was ist so schlimm daran?«

»Du bist ein Lügner, bist immer ein Lügner gewesen und lügst mich sogar bis ins hohe Alter an.«

»Ich versteh nicht, was du meinst.«

»Du verstehst mich sehr wohl: Dort, auf dem Boden, liegt das Lateinwörterbuch.«

Ich schwieg. Wenn Vanda sich abreagieren will, beginnt sie immer mit kleinen, unwichtigen Details. Ich ging in die Ecke, auf die sie mit einer lahmen Geste gezeigt hatte. Dort lag zwischen anderen gut erhaltenen Büchern das Lateinwörterbuch, aufgeschlagen auf der Seite, auf der das Wort prangte, das dem Kater seit sechzehn Jahren seinen

Namen gab. Ein Zufall. Zunächst glaubte ich, dass Vanda dem selbst keine große Bedeutung beimaß. Sie sprach ohne die übliche Ironie, mit einer Stimme, die nur ein Instrument war, um Wörter aneinanderzureihen, Wörter ohne Sinn. »Das Wörterbuch«, murmelte sie und starrte wieder über das Balkongeländer hinaus – »war beim Buchstaben L aufgeschlagen und das Wort Labes mit Kuli unterstrichen, genau wie jede seiner Bedeutungen. *Sturz, Einsturz, Fall, Unheil.* Ist das wieder einer von deinen Scherzen? Ich habe den Kater zärtlich gerufen, während du dich darüber amüsiert hast, wie der Name in seiner ganzen Negativität durch die Wohnung hallte? *Verderben, Untergang, Schmutzfleck, Makel, Schmach, Schande.* Du hast mich *Schande* rufen lassen. So warst du schon immer. Du gibst dich liebevoll, um dich dann insgeheim anderweitig abzureagieren. Keine Ahnung, wann ich das begriffen habe, auf jeden Fall früh, schon vor Jahrzehnten, vielleicht sogar noch vor unserer Heirat. Ich habe mich trotzdem an dich gebunden. Ich war jung, fühlte mich von dir angezogen, wusste nicht, wie flüchtig Anziehungskraft ist. Jahrelang war ich weder glücklich noch unglücklich. Erst spät habe ich begriffen, dass mich die anderen genauso viel oder wenig interessieren wie du. Verwirrt habe ich mich damals umgeschaut. Ich kann jederzeit eine neue Liebe finden, hab ich mir gesagt. Sie ist wie der Regen: Ein Tropfen prallt zufällig auf einen anderen, und die beiden verschmelzen. Man braucht sich nur die anfängliche Neugier zunutze zu machen. Die wird zu Anziehungskraft, die sich wiederum so weit verstärkt, dass sie zu Sex führt, Sex verlangt nach Wiederholung, aus Wiederholung wird Zwang und schließlich Gewohnheit. Aber ich habe mir eingebildet, ausschließlich dich lieben zu müssen, und deshalb weggeschaut, mich um die Kinder und ihre Launen gekümmert. Wie dumm von mir! Falls ich dich je geliebt haben sollte – denn da bin ich mir heute gar nicht mehr so sicher, die Liebe ist eine Projektionsfläche für alles Mögliche –, war es nicht von Dauer. Für mich bist du jedenfalls alles andere als einzigartig gewesen, nichts Weltbewegendes. Dank dir ging ich als erwachsene Frau durch, konnte als Ehepaar leben: mit Sex, mit Kindern. Als du mich verlassen hast, habe ich vor allem gelitten, weil ich mich ganz umsonst aufgeopfert hatte. Und wenn ich dich wieder aufgenommen habe, dann nur um zurückzufordern, was du mir geraubt hattest. Aber in dem ganzen emotionalen Chaos, bei all meinen Wünschen, Begierden und Gefühlen habe ich schnell begriffen, dass sich nur schwer herausfinden lässt, was du mir schuldest. Deshalb habe ich alles getan, damit du zu Lidia zurückkehrst. Ich habe dir nie abgenommen, dass du es dir anders überlegt hast, gemerkt hast, dass du mich willst und keine andere. Jeden Tag musste ich daran denken, wie sehr du mich hintergangen hast. Du hast rein gar nichts für mich empfunden, nicht einmal so was wie Nähe oder Sympathie, die einem verbieten, untätig zu bleiben, wenn der andere Todesqualen leidet. Du hast auf jede nur erdenkliche Weise gezeigt, dass du Lidia liebst, wie du mich nie geliebt hast, und ich wusste inzwischen, dass ein Mann, der eine andere liebt, niemals aus Liebe zu seiner Frau zurückkehrt. Also habe ich mir gesagt: Schauen wir mal, wie lange er es aushält, bis er sich wieder zu ihr flüchtet. Doch je mehr ich dich gequält habe, desto mehr hast du nachgegeben. Labes, ja, du hast recht. Jahre, ja Jahrzehnte sind mit diesem Spiel vergangen, und wir haben uns daran gewöhnt, uns in der Katastrophe eingerichtet, die Schande genossen, denn sie hat uns zusammengehalten. Warum? Vielleicht der Kinder wegen. Aber seit heute Morgen bin ich mir da nicht mehr so sicher, auch ihnen gegenüber empfinde ich nichts als Gleichgültigkeit. Jetzt, wo ich fast achtzig bin, kann ich sagen, dass ich an meinem Leben gar nichts mag. Weder dich noch sie noch mich selbst. Vielleicht habe ich es mir deshalb so zu Herzen genommen, als du mich verlassen hast. Ich habe mich geärgert, weil ich es nicht geschafft habe, dir zuvorzukommen. Dann wollte ich unbedingt, dass du zu mir zurückkehrst, nur um sagen zu können: Jetzt bin ich diejenige, die geht. Aber wie du siehst, bin ich immer noch da. Sobald man sich dazu zwingt, etwas klar und deutlich auszusprechen, merkt man, dass es nur deshalb deutlich ist, weil man es vereinfacht hat.«

Das ist die grobe Zusammenfassung unseres Gesprächs, ich habe es bloß mit eigenen Worten wiedergegeben. Zum ersten Mal seit unserer Versöhnung musste es einfach ausgesprochen werden, aber ohne jede emotionale Beteiligung. Ab und zu habe ich sie mit Halbsätzen lauwarmen Protests unterbrochen, doch sie hat mich nicht gehört beziehungsweise mich nicht hören wollen. Sie hat weitergeredet, als führte sie ein Selbstgespräch, und irgendwann habe ich mich ebenfalls zurückgezogen. Ich hatte nur eine einzige Frage: Warum hat sie auf einmal beschlossen, mir dermaßen brutale Dinge ins Gesicht zu sagen, wieso merkt sie nicht, dass viele davon schlimme Konsequenzen für unsere gemeinsamen letzten Jahre haben können? Reg dich nicht auf!, sagte ich mir. Sie ist anders als du, sie hat nie wie du seit frühster Kindheit in Angst gelebt, deshalb kann sie so übertreiben. Und gerade weil sie mit der Zeit immer gleichgültiger geworden ist, genießt sie das Übertreiben immer mehr und wird ewig mit diesem grausamen Geschwätz fortfahren. Deshalb sag lieber nichts, ihre Wohnung ist zerstört worden, sie ist müde, die bevorstehende Arbeit entmutigt sie, und im Moment genügt schon die kleinste Kleinigkeit, und sie lässt einfach alles stehen und liegen und geht. Wenn du schon etwas sagen musst, schlag vor, dass sie jemanden anruft, der ihr beim Aufräumen hilft. Überzeug sie davon, dass das keine Geldverschwendung ist, und erinnere sie daran, dass sie brüchige Knochen hat und sich nicht überanstrengen darf. Mit anderen Worten, geh der Sache aus dem Weg, tu, als wenn nichts wäre, und rette die Tage, Monate und Jahre, die dir noch bleiben.

5.

Keine Ahnung, wie lange meine Frau vor sich hin redete, ob ein, zwei oder fünf Minuten. Doch da ich nicht reagierte, sah sie irgendwann auf die Uhr und stand auf.

»Ich erledige ein paar Einkäufe«, sagte sie. »Pass auf, falls jemand anruft oder klingelt.«

Eifrig antwortete ich: »Geh nur, mach dir keine Sorgen. Wenn die Diebe sich melden, sorg ich schon dafür, dass wir Labes zurückbekommen.«

Sie erwiderte nichts darauf. Aber als sie mit dem Einkaufswägelchen wiederauftauchte, brummte sie: »Der Kater ist verloren.«

Vermutlich wollte sie damit zum Ausdruck bringen, dass sie die Hoffnung aufgegeben hatte, ihn jemals wiederzubekommen. Während sie das Wohnzimmer und den Flur in

Richtung Haustür durchquerte, erklärte sie mir, dass ich nicht etwa aufpassen solle, ob einer der Diebe anruft oder klingelt. Vielmehr seien zwei Wochen vergangen, seit die Firma ihr den Elektrostimulator geliehen habe. Man werde ihn noch heute wieder abholen.

»Lass dich nicht noch mal beklauen!«, sagte sie im Gehen.

Jetzt, wo sie nicht mehr an die Möglichkeit einer Erpressung glaubte, merkte ich, der ich vom Verschwinden der Polaroids wusste, dass ich mehr denn je daran glaubte. Ich fragte mich sogar, wer auftauchen würde, um den Stimulator abzuholen. Irgendein beliebiger Bote oder erneut die junge Frau mit dem lebhaften Blick? Schon bald zweifelte ich nicht mehr daran, dass sie auftauchen würde. Die Zeit verging, meine Frau kehrte zurück und kochte uns etwas. Ich gab mich gelassen, war aber sehr aufgewühlt und bekam Kopfweh. Ich sah die junge Frau schon auf der Schwelle stehen. »Wir haben Labes, wir haben die Fotos, das Lösegeld ist soundso hoch«, hörte ich sie sagen. – »Und wenn ich nicht zahle?« – »Wenn Sie nicht zahlen«, würde die junge Frau antworten, »dann töten wir den Kater und leiten die Fotos weiter.« Während ich ein wenig Käse aß, wuchsen meine Beklemmungen.

Nach dem Mittagessen – vielleicht weil sie ihr Ausbruch innerlich gereinigt hatte – verhielt sich Vanda genau wie vorher. Methodisch und ohne jede Pause räumte sie Küche, Schlafzimmer sowie die Kinderzimmer auf und erstellte eine detaillierte Liste mit Dingen, die wir reparieren lassen mussten. Sie rief einen Schreiner ihres Vertrauens an und diskutierte gerade über den Preis, als ich die Klingel hörte. Ich drückte den Knopf der Gegensprechanlage. Eine Frauenstimme sagte, sie wolle den Stimulator abholen. War es dieselbe junge Frau wie vor zwei Wochen? Schwer zu sagen, sie hatte nur wenige Worte gesprochen. Ich machte ihr auf, rannte zu einem Fenster, das zur Straße hinausging, und spähte hinaus. Sie war es. Sie drückte die Tür mit einer Hand auf, konnte sich aber nicht dazu durchringen, das Haus zu betreten. Sie unterhielt sich mit einem Mann, den ich nur von hinten sah und der teilweise von den Zweigen der Magnolie verdeckt wurde. Ich bekam Atembeschwerden wie immer, wenn ich nervös werde. Von meinem Platz am Fenster aus wies nichts darauf hin, dass es sich um den Betrüger mit den falschen Lederjacken handelte, trotzdem rauschte mir das Blut in den Ohren, was mich benommen machte. Ich wünschte mir förmlich, dass er es wäre, und fürchtete mich gleichzeitig davor. Worüber redeten sie? Welche Strategie verfolgten sie? Würde die junge Frau hochkommen und der Mann unten warten? Nein, sie schienen beschlossen zu haben, beide hochzukommen. Jede Fiktion ist eine Sackgasse, irgendwann gelangt man immer an diesen Punkt. Also was tun? Kehrtmachen und noch mal von vorne anfangen? Auch wenn man eigentlich alt genug ist, zu wissen, dass jede Fiktion früher oder später mit der Realität kollidiert? Ich spürte deutlich, dass mich dieselbe Angst beschlich wie früher, wenn mein Vater sich endlich dazu entschloss, uns beim Essen Gesellschaft zu leisten. Wir saßen schon längst bei Tisch, und ich hörte seine trägen Schritte im Flur. In welcher Stimmung war er, hatte er gute oder schlechte Laune? Was würde er sagen, was würde er tun? Meine Frau – die gerade zu Ende telefoniert hatte, aber das Klingeln überhört zu haben schien, rief aus dem Schlafzimmer: »Kannst du bitte mal kurz kommen? Hilfst du mir, den Schrank zu verrücken?«

TEIL III

ERSTES KAPITEL

1.

Unsere Mutter ließ uns wenige Meter vor der Bar stehen. Wie alt ich wohl damals gewesen sein mag? Neun? Sandro war ein paar Wochen zuvor dreizehn geworden, das weiß ich noch genau, weil Mama und ich ihm eine Torte gebacken hatten und er angesichts der brennenden Kerzen gesagt hatte, einer seiner Wünsche werde in Erfüllung gehen, wenn er es schaffe, sie alle auf einmal auszupusten. »Was denn für ein Wunsch?«, hatte unsere Mutter gefragt. »Papa treffen«, hatte er erwidert. Und deswegen stehen wir jetzt seinetwegen vor dieser Bar. Ich habe Angst. Ich weiß nichts über meinen Vater. Früher habe ich ihn geliebt, aber das ist lange her. Bei der Vorstellung, ihn zu treffen, bekomme ich Bauchweh, ich will ihm nicht sagen, dass ich aufs Klo muss, ich schäme mich. Deshalb bin ich total wütend auf meinen Bruder, der immer alles bestimmen muss, und auch auf meine Mutter, die letztendlich immer macht, was er will.

2.

Das ist alles, an mehr erinnere ich mich nicht. Aber ehrlich gesagt ist mir das auch egal, es ist bloß ein Vorwand, um Sandro anzurufen. Ich wähle seine Nummer, sein Handy klingelt und klingelt, dann geht der Anrufbeantworter dran. Ich warte zwei Minuten und rufe noch mal an. Nach mindestens fünf Versuchen meldet er sich gereizt zurück und sagt: »Was willst du?« Ich frage ihn ohne lange Vorrede: »Weißt du noch, als wir Papa getroffen haben, in dieser Bar an der Piazza Carlo III?« Ich spreche mit Kleinmädchenstimme, affektiert und unter Gekicher, als wenn nichts wäre, als hätte ich nicht versucht, ihm auf jede nur erdenkliche Weise das Geld von Tante Gianna wegzunehmen. Als hätte ich nicht gebrüllt, dass er für mich tot sei, wenn er mir wirklich keinen Cent davon abgeben wolle, mausetot, dass ich ihn dann nie mehr wiedersehen wolle.

Er schweigt und denkt sich bestimmt: Mit fünfundvierzig führt sie sich immer noch auf wie eine Idiotin, so als wäre sie fünfzehn. Ich spüre jeden seiner Gedanken, bis in jede Verästelung hinein, merke, wie er mich verabscheut. Aber das ist mir egal. Ich rede wie ein Maschinengewehr: über Papa und Mama, über unsere Kindheit, über das Treffen vor vielen Jahren mit unserem Vater, über eine Erinnerungslücke, die ich auf einmal unbedingt schließen möchte. Er versucht, mich zu unterbrechen, aber das klappt bei mir nicht, das lasse ich nicht zu, bei niemandem.

Unvermittelt sage ich: »Treffen wir uns doch!«

»Ich hab zu tun.«

»Ich flehe dich an.«

»Nein.«

»Heute Abend?«

»Du weißt schon, dass du heute Abend beschäftigt bist?«

»Wieso?«

»Du musst den Kater füttern.«

»Ich geh nicht hin, ich bin nicht ein einziges Mal hingegangen.«

»Das soll wohl ein Witz sein!«

»Nein.«

»Du hast es Mama versprochen.«

»Ich hab's versprochen, aber ich kann in dieser Wohnung einfach nicht allein sein.«

Dieses Wortgeplänkel geht noch eine Weile so weiter, bis er endlich begreift, dass ich es ernst meine, dass die Woche am Meer für unsere Eltern fast vorbei ist, ich meine Pflichten aber die ganze Zeit über vernachlässigt habe. »Deshalb hat die Wohnung so nach Pisse gestunken«, sagt er. »Deshalb waren der Wassernapf halb leer, kein bisschen Trockenfutter im anderen Napf und Labes extrem nervös.« Er wird wütend, zischt mir zu, wie egoistisch, lieblos und unverantwortlich ich sei. Aber das macht mir nichts aus, ich fahre mit meinem Getue fort, mit meinem Gekicher, meinen gespielten und echten Drohungen, meiner Selbstironie. Langsam beruhigt er sich. »Gut«, sagt er in dem Tonfall, den er immer anschlägt, wenn er mich in der Rolle des älteren Bruders bevormunden will. »Fahr ruhig mit deiner neuesten Flamme nach Kreta, ich kümmer mich auch heute Abend um Labes. Aber wag es nie wieder, mich zu nerven.«

Schweigen. Jetzt schlage ich einen anderen Ton an, ich weiß immer ganz genau, wann der richtige Zeitpunkt gekommen ist, meine Kleinmädchenstimme dramatisch anschwellen zu lassen, genau wie Mama. »Das mit Kreta und meinem neuen Freund hab ich bloß gesagt, um unsere Eltern nicht zu beunruhigen. In Wahrheit fahr ich dieses Jahr gar nicht in Urlaub, ich hab keinen Cent mehr und auf nichts Lust.«

Ich kenne ihn gut, jetzt steht er mit dem Rücken zur Wand. »Von mir aus«, sagt er, »dann gehen wir eben gemeinsam zu Labes.«

3.

Wir treffen uns vor der Haustür unserer Eltern. Ich hasse die ganze Gegend um die Piazza Mazzini, auch diese Straße, Smog- und Flussgestank reichen bis hierher. Labes miaut aus voller Kehle, man hört ihn schon im Treppenhaus. Wir gehen hinauf. »Wie ekelhaft!«, sage ich beim Reinkommen und reiße hastig Balkontüren und Fenster auf. Dann rede ich mit dem Kater, erkläre ihm, wie widerlich er ist, und das beruhigt ihn. Er eilt zu mir und streicht mir um die Beine. Doch kaum bekommt er mit, dass Sandro sich um sein Fressen kümmert, hört er damit auf und rennt zu ihm. Ich bleibe im Wohnzimmer. Diese Wohnung macht mich traurig, vom sechzehnten bis zu meinem vierunddreißigsten Lebensjahr habe ich hier gewohnt. Es ist, als hätten unsere Eltern zusammen mit ihrem Plunder das Schlimmste aus all den Wohnungen, in denen wir je gelebt haben, mit umgezogen.

Sandro taucht wieder auf, ich höre Labes in der Küche knabbern. Mein Bruder ist nervös, er hat seine Pflicht erledigt und will so schnell wie möglich wieder gehen. Doch ich setze mich aufs Sofa und fange von unserer Kindheit an: von unserem Vater, der uns verlässt, unserer Mutter, die verzweifelt, und von unserem Treffen mit Papa. Sandro bleibt stehen, um mir klarzumachen, dass er es eilig hat. Er murmelt irgendwas, fühlt sich verpflichtet, den liebenden Sohn zu spielen, zerfließt vor Dankbarkeit und ist genervt, weil ich so sarkastisch auf diese Episode anspiele.

»Du redest Blödsinn«, ruft er. »Es war Papa, der um das Treffen gebeten hat, ich hatte nichts damit zu tun. Außerdem war es keine Bar und auch nicht die Piazza Carlo III. Mama hat uns zur Piazza Dante begleitet, und Papa hat dort beim Denkmal auf uns gewartet.«

»Ich erinnere mich an eine Bar und die Piazza Carlo III. Papa hat einmal von einer Bar gesprochen.«

»Entweder du glaubst mir, oder wir können uns diese Unterhaltung sparen. Er hat uns in ein Restaurant an der Piazza Dante ausgeführt.«

»Und dann?«

»Nichts, er hat die ganze Zeit geredet.«

»Nämlich?«

»Hat erzählt, dass er beim Fernsehen arbeitet oder so, berühmte Schauspieler und Sänger kennt, dass es richtig von ihm war, Mama zu verlassen.«

Ich muss laut lachen.

»Und das stimmt sogar. Meiner Meinung nach war es wirklich richtig.«

»Das sagst du jetzt, aber damals konntest du nächtelang nicht schlafen und hast fast alles wieder von dir gegeben, was du gegessen hast. Du hast Mama das Leben schwerer gemacht als Papa und ich zusammen.«

»Du lügst, er war mir immer schon egal.« Er schüttelt den Kopf, doch jetzt hat er angebissen und setzt sich. »Weißt du wenigstens noch, dass du ihm das mit dem Schuhebinden gesagt hast?«

Schuhebinden? Typisch mein Bruder, er klammert sich gern an ein x-beliebiges Detail, um es dann auszuschmücken. Deswegen hören ihm die Frauen so gern zu: Erst amüsiert er sie, und dann macht er aus allem ein Melodram. Statt Geologie zu studieren, hätte er lieber in Papas Fußstapfen treten, fürs Fernsehen arbeiten, vielleicht Moderator werden und vom Bildschirm aus zu seinen ganzen weiblichen Anhängerinnen sprechen sollen. Ich schaue ihn an und tue so, als wäre ich neugierig auf das, was er mir gleich erzählen wird. Er sieht gut aus, macht einen auf Gentleman und kann sehr aufmerksam sein. Wie mager er ist – der Glückliche! Was für ein glattes, jungenhaftes Gesicht, er wirkt kaum älter als dreißig, dabei ist er fast fünfzig. Er hält sich drei Frauen gewogen, drei Frauen, jawohl, auch wenn er nur einmal verheiratet war. Er hat vier Kinder, was heute schon rekordverdächtig ist: zwei mit der ersten offiziellen Ehefrau und je eines mit den beiden Nachfolgerinnen. Außerdem hat er Freundinnen jeden Alters, die er ständig trifft und denen er nicht nur gern geduldig sein Ohr leiht, sondern auch ein wenig Sex schenkt, wenn sie das brauchen. Er hat den Bogen raus. Er besitzt keinen Cent, hat Tante Giannas Erbe an Frauen und Blagen verschwendet. Ständig verliert er seinen Job, doch im Gegensatz zu mir kommt er immer über die Runden. Warum? Weil die Mütter seiner Kinder alle gut gestellt sind, und selbst wenn sie zu neuen Männern weiterziehen, halten sie ihn nach wie vor für einen lieben Kerl, für einen vorbildlichen Vater, was sie zu einer sicheren Geldquelle macht. Er braucht sich nur ab und zu mit den Kindern sehen zu lassen, die ihn sehr lieben. Klar, hin und wieder hat er Probleme, weil es sogar ihm schwerfällt, so ein kompliziertes Beziehungsgeflecht aufrechtzuerhalten, und unter seinen Frauen brechen wilde Kämpfe aus, weil ihn eine jede für sich allein haben will. Aber bisher hat er es immer irgendwie geschafft, und ich weiß auch, warum: Mein Bruder ist ein hervorragender Schauspieler. Sogar sich selbst spielt er was vor. Der Grund, warum er so vielen Frauen Aufmerksamkeit und Trost schenken kann – oft nicht ohne Moralpredigten zu halten, die aus seinem Mund wirklich scheinheilig klingen –, ist, dass er positive Gefühle hervorragend vortäuschen kann, ohne auch nur eines davon wirklich zu empfinden.

»Schuhebinden?«

»Während wir gegessen haben, hast du ihn gefragt, ob ich mir meine Art, sie zu binden, von ihm abgeschaut hätte.«

»Entschuldige, aber wie bindest du sie denn?«

»Genau wie er.«

»Und wie bindet er sich die Schuhe?«

»Wie niemand sonst.«

»Und, hat er gewusst, dass du dir die Schuhe genauso bindest wie er?«

»Nein, darauf hast erst du ihn aufmerksam gemacht.«

Ich erinnere mich wirklich nicht mehr daran.

»Und wie hat er darauf reagiert?«, frage ich.

»Er war gerührt.«

»Das heißt?«

»Er ist in Tränen ausgebrochen.«

»Das glaub ich nicht, ich habe ihn noch nie weinen sehen.«

»Es war aber so.«

Vorsichtig nähert sich Labes. Ich frage mich, ob er zu mir oder zu Sandro kommen wird. Ich spüre, dass ich gerne hätte, er käme zu mir, aber nur um ihn fortscheuchen zu können. Plötzlich springt der Kater meinem Bruder auf den Schoß.

Nicht ohne Groll sage ich: »Ich bin mir sicher, dass du ihn treffen wolltest.«

»Denk doch, was du willst!«

»Egal, aber warum hat Mama eingewilligt? Endlich hatte sie aufgehört, verrücktzuspielen, und wir hatten uns daran gewöhnt, dass er nicht mehr da ist. Es wäre besser gewesen, sie hätte Nein gesagt. Wie ist sie bloß auf die Idee gekommen, erneut alles über den Haufen zu werfen?«

»Hör auf damit!«

»Nein, ich will es einfach wissen. Warum?«

»Ich habe darauf gedrängt.«

»Siehst du, du hattest also doch etwas damit zu tun.«

»Ich hab darauf gedrängt, weil es dir so schlecht ging.«

»Wie großzügig von dir!«

»Ich war noch ein Kind. Wenn unser Vater sieht, wie schlecht es dir geht, hab ich mir gedacht, wird er merken, dass du ihn brauchst, und wieder zurückkommen.«

»Deiner Meinung nach ist Papa also meinetwegen zurückgekommen?«

»Bild dir bloß nichts ein!«

»Und dann?«

»Kannst du dich wirklich an nichts mehr erinnern?«

»Nein.«

»Na gut, dann will ich dir noch was erzählen. Am Morgen vor dem Treffen hat unsere Mutter zu dir gesagt: ›Ist dir aufgefallen, auf was für eine lächerliche Art sich dein

Bruder die Schuhe bindet? Das ist einzig und allein die Schuld deines Vaters, nichts kriegt er richtig hin: Sag ihm das, wenn du ihn siehst!‹«

»Ja und?«

»Die Sache mit dem Schuhebinden hat uns alle wieder miteinander verstrickt. Papa ist wegen Mama, wegen mir und wegen dir zurückgekommen. Und wir alle drei wollten, dass er zurückkommt, verstanden?«

4.

Typisch Sandro, allem muss er eine positiv-kitschige Wendung geben. Man muss sich nur anschauen, wie er jetzt Labes verwöhnt. Er streichelt und krault ihn, und der Kater ist glücklich. Das macht er mit jedem, mit Mensch und Tier. Er ist Mamas Liebling, und Papa bespricht alle wichtigen Dinge ausschließlich mit ihm. Auf diese Art reißt er alles an sich – Zuneigung, Respekt, Geld –, während für mich kaum noch etwas übrig bleibt. Was für ein hinterhältiger Typ! Genauso hinterhältig, hinterhältig, hinterhältig wie die Geschichte mit dem Schuhebinden. Er soll unsere Mutter dazu gebracht habe, uns zu unserem Vater zu begleiten, nur weil es mir schlecht ging? Wir beide sollen unseren Vater dermaßen gerührt haben, dass er wieder bei uns eingezogen ist? Während unsere Mutter uns ihrerseits manipuliert hat? So ist aus uns wieder eine ach so heile Familie geworden? Für wen hält er mich eigentlich? Für eine seiner Verehrerinnen?

»Apropos ›binden‹«, sage ich. »Das Einzige, was unsere Eltern verbindet, ist das Leid, das sie einander zufügen.«

Dann stehe ich auf, nehme Labes von seinem Schoß und trage ihn auf den Balkon, wobei ich ihn streichle. Der Kater windet sich zunächst, gibt aber dann nach. Dort, vom Balkon aus, sage ich zu Sandro: »Unsere Eltern haben uns vier sehr lehrreiche Szenarios vorgelebt: Erstens: Mama und Papa sind jung und schön, ihre Kinder genießen den Garten Eden. Zweitens: Papa hat eine Neue und haut mit ihr ab, Mama flippt aus, und die Kinder werden aus dem Garten Eden vertrieben. Drittens: Papa überlegt es sich anders und kommt wieder zurück nach Hause, die Kinder versuchen erneut Zutritt zum irdischen Paradies zu bekommen, aber Mama und Papa führen ihnen tagtäglich vor, dass das vergebliche Liebesmüh ist. Viertens: Die Kinder stellen fest, dass der Garten Eden nie existiert hat und dass man sich mit der Hölle zufriedengeben muss.«

Mein Bruder verzieht genervt das Gesicht: »Du bist schlimmer als unsere Mutter.«

»Ach, hast du plötzlich was gegen Mama?«

»Ich habe was gegen dich: Sie hat dir ihre Schwächen vererbt, und du hast sie noch auf die Spitze getrieben.«

»Welche denn?«

»Alle.«

»Nenn mir ein einziges Beispiel.«

»Ich kann sie dir aufzählen, eines nach dem anderen: Ihr beide liebt es, Mauern zu errichten und andere einzuengen.«

Ich sage ihm kühl, dass ich ihm nur geschildert habe, was wir durchgemacht haben. »Aber du musst mich ja gleich kritisieren« – jetzt jammere ich –, »und das völlig ohne Grund. Wenn ich schlimmer bin als Mama, bist du schlimmer als Papa: Du kannst überhaupt nicht zuhören und hast das Schlimmste von beiden geerbt. Weil du nicht nur nicht zuhören kannst, sondern dich auch noch wie Mama an einem winzigen Detail festbeißt, aus dem du dann ein Riesending machst.« Er mustert mich mit zusammengekniffenen Lippen, schüttelt den Kopf und schaut dann auf die Uhr. Einerseits befürchtet er, übertrieben zu haben, andererseits denkt er, dass ich ein hoffnungsloser Fall bin, jemand, mit dem man sich einfach nicht vertragen, sondern bloß streiten kann. Ich gehe zurück ins Wohnzimmer, und noch bevor er aufstehen und verschwinden kann, setze ich mich aufs Sofa. Labes wird wieder unruhig. Um ihn zu beruhigen, küsse ich ihn auf den Kopf. Es wird Zeit, dass ich meinem Bruder sage, warum ich ihn wirklich herbestellt habe: Ich murmle was von wegen »Na ja, was soll's, seinen Genen kann man nicht entkommen, es ist weder meine noch deine Schuld, es ist alles erblich, sogar die Art, wie wir uns am Kopf kratzen«. Ich lache, als hätte ich einen Witz gemacht. Nach wie vor lachend und ohne jede Vorwarnung verkünde ich, dass mir seit einiger Zeit eine Idee nicht mehr aus dem Kopf geht. »Schlagen wir Mama und Papa doch vor, diese Wohnung zu verkaufen: Sie ist mindestens anderthalb Millionen wert. Wenn wir das Geld gerecht teilen, bekommt jeder von uns siebenhundertfünfzigtausend.«

5.

Auf einmal schaut Sandro mich interessiert an. Denn eines steht fest, diese Fixierung aufs Geld haben wir von unserer Mutter. Papa hat viel verdient, war aber so mit seiner

Karriere beschäftigt, dass er es kaum bemerkt hat. Für ihn haben nur die Arbeit gezählt, sein unstillbares Bedürfnis nach Harmonie und die Angst, sie aufs Spiel zu setzen. Ums Geld hat sich einzig und allein Mama gekümmert. Sie hat es zurückgelegt und angespart, die Wohnung hier war ihr Wunsch. Sie hat uns beigebracht, jeden Heller zu ehren, die Liebe zu ihren Kindern hat sich in Geld ausgedrückt. Sie hat es nämlich nie für sich und schon gar nicht für Papa gespart, sondern nur, damit wir heute und in Zukunft sorglos leben können. Das Postsparbuch, das Bankkonto und diese Wohnung sind ihre Art zu zeigen, dass sie uns liebt. Davon gehe ich zumindest seit einer ganzen Weile aus, und Sandro vermutlich auch. »Der Beweis, dass ich euch liebe« – und das hat uns unsere Mutter tagtäglich immer wieder aufs Neue gezeigt –, »ist, dass ich nichts für mich ausgebe, sondern für euch spare.« Weshalb mein Geldmangel wiederum beweist, dass ich unfähig bin, geliebt zu werden. Deshalb war ich vermutlich auch so verletzt, als Tante Gianna fast ihren ganzen Notgroschen Sandro vermacht hat. Das haben mir zumindest die Ärzte gesagt, als ich deswegen die Nerven verloren habe und mit Pillen abgefüllt worden bin. Aber es ist so schwer, Ordnung im Kopf zu schaffen, es gibt immer etwas, das sich querstellt. Denn selbst wenn die Gleichung kein Geld = keine Zuneigung stimmt – warum gebe ich dann mein Geld sofort aus, sobald ich welches habe, und schlage jeden in die Flucht, der mich lieb gewinnt? Und gilt nicht für Sandro dasselbe? All diese wohlhabenden Frauen, all die verwöhnten Blagen – stehen sie nicht für eine Leere, die sich einfach nicht füllen lässt? Während das höchste Glück unserer Mutter – vielleicht sogar das einzige – darin besteht, Geld beiseitezulegen, haben wir das Gefühl, dass es uns bloß gut geht, wenn wir welches ausgeben. Denn das haben mein Bruder und ich gemeinsam. Vor allem heute, wo Geld Mangelware ist und wir immer älter werden. Ich bin fett, bekomme immer mehr Falten und graue Haare. Wie sehr ich Sandro wegen seiner jugendlichen Schönheit hasse! Wegen den langen Wimpern, den grünen Augen und der vollen Haarpracht trotz seiner fünfzig Jahre – noch dazu pechschwarz, ohne jede Tönung –, wegen seiner sportlichen Figur, obwohl er nicht mal Sport treibt. Endlich hört er mir zu, und ich schweife ab, um ihm Zeit zu geben, meinen Vorschlag sacken zu lassen. »Sie gehören zu der glücklichen Generation, die sich aus armen Verhältnissen nach oben gearbeitet hat, Papa kann sogar auf einen bescheidenen Erfolg zurückblicken, beide bekommen eine gute Rente, was wollen sie denn noch, findest du nicht auch?«

In diesem Moment klimpert mein Bruder mit den Wimpern, als wollte er das Bild verdrängen, das ich gerade zeichne, und fragt: »Warum sollten sie die Wohnung verkaufen und uns das Geld geben?«

»Weil sie uns gehört.«

»Die Wohnung gehört ihnen.«

»Klar, aber wir werden sie erben.«

»Ja und?«

»Wir bitten sie nur, mit warmen Händen zu geben.«

»Und wo sollen sie dann wohnen?«

»Wir suchen ihnen eine kleinere Wohnung, zwei Zimmer mit Wohnküche, nicht so zentral gelegen, und zahlen ihnen die Miete.«

»Du spinnst ja.«

»Warum? Kannst du dich noch an Marissa erinnern?«

»Wer soll das sein?«

»Meine Freundin aus Neapel.«

»Ja und?«

»Sie hat ihre Eltern um genau dasselbe gebeten, und die haben eingewilligt.«

»Mama wird niemals einverstanden sein. Das ist ihre Wohnung, sie hat sie liebevoll eingerichtet, und zwar bis ins Detail. Und für Papa ist sie der sichtbare Beweis seiner Anstrengungen.«

»Aber ihr Leben ist vorbei.«

»Das seh ich anders. Sie können noch zwanzig Jahre vor sich haben.«

»Ebendrum! In zwanzig Jahren bin ich fünfundsechzig und du siebzig, vorausgesetzt, wir werden überhaupt so alt. Was soll ich mit fünfundsechzig mit dieser Wohnung? Denk doch mal nach, anstatt mich wie immer als Miststück hinzustellen. Sie sind zwei alte Herrschaften. Warum müssen sie auf Teufel komm raus in einem Schloss mit Blick auf den Tiber leben?«

Er schüttelt den Kopf und sieht mich tadelnd an. Er möchte, dass ich mich im Unrecht fühle, das hat er schon so gemacht, als wir noch klein waren. Natürlich lockt ihn das Geld, das steht ihm ins Gesicht geschrieben. Aber ich kenne ihn, sehe, wie er sich windet. Ihm wäre es am liebsten, wenn ich alles allein machte – mit unseren Eltern rede, sie überzeuge, verkaufe und den Erlös zwischen ihm und mir aufteile, natürlich zu gleichen Teilen – und ihm währenddessen die Rolle des bestürzten Sohnes überließe, der moralische Einwände erhebt und sich Sorgen um Mama und Papa macht. Einerseits weiß ich, dass ich nicht zu direkt agieren darf, wenn ich ihn überzeugen will, ich muss seine Tiraden geduldig über mich ergehen lassen. Andererseits lässt es auch mich nicht vollkommen kalt: Ob ich es nun will oder nicht, auch ich habe meine Skrupel und bin nicht aus Stein. Wenn er mich weiter piesackt, weiß ich nicht, wie ich reagiere. Aber er piesackt mich nicht nur, er tut mir weh.

»Wie würdest du reagieren«, sagt er, »würden deine Kinder in dreißig Jahre dasselbe mit dir machen?«

6.

Meine Antwort kommt prompt. »Von unseren Eltern«, sage ich, »habe ich vor allem eines gelernt, nämlich dass man lieber keine Kinder bekommen sollte.« Ich beiße mir auf die Zunge und fahre mit gespielter Gelassenheit fort: »Irgendwann tut man seinen Kindern zwangsläufig weh und muss auch damit rechnen, dass sie einem noch viel mehr wehtun.« Ich weiß, dass er solch extreme Positionen nicht mag, aber ich mache das extra. Er ist so verantwortungslos gewesen, vier Kinder in die Welt zu setzen, mal sehen, wie er reagiert!

Er reagiert wie immer, und zwar indem er sich selbst lobt. Er ist selbstverständlich fest davon überzeugt, dass sein Weg der richtige ist, ist für noch mehr Mütter, noch mehr Vaterschaft, noch mehr Familien und Sex. Und für eine Auflösung der Geschlechterrollen. Mit anderen Worten für das Ende der traditionellen Paarbeziehung: keine Monogamie mehr, sondern mehrere Frauen, die alle geliebt werden, mehrere Kinder, die alle angebetet werden: »Ich«, so sagt er auf seine übliche pathetische Art, »lasse es meinen

Kindern an nichts fehlen. Wenn ich mich um sie kümmere, bin ich ihnen Mutter und Vater zugleich.«

Ich bemühe mich erst gar nicht um eine Antwort, lasse ihn mit seinem Weitblick protzen. Aber mein Bruder nervt mich – sosehr ich auch versuche, mich da nicht mit reinziehen zu lassen. Deshalb werfe ich ihm irgendwann vor, dass er den Wahnsinn, mit dem wir aufgewachsen sind, nie wirklich hinter sich gelassen hat. Er überrollt seine Kinder mit den Ängsten, die uns unsere Mutter vererbt hat: Der Mann, der zur Frau wird, die Frau, die zum Mann wird, der Vater, der zur Mutter wird, die Mutter, die zum Vater wird, häusliche Travestie, verbale Tricks, du bist nichts als ein verängstigter kleiner Junge. Und noch während ich rede, steigt eine Wut in mir auf, die sich normalerweise irgendwo stumm verbirgt. Ich zische ihm zu, dass ich dafür bin, das Kinderkriegen abzuschaffen, genauso wie Schwangerschaft und Geburt, es abzuschaffen, jawohl ab-zu-schaffen. Ich möchte sogar jede Erinnerung an die Fortpflanzung im Bauch der Frau auslöschen, die Genitalien sollten ausschließlich zum Pinkeln und Ficken da sein. »Ach was!«, schreie ich. »Ich weiß nicht mal, ob das Ficken es überhaupt wert ist.« Wir streiten – Labes erschrickt und saust davon –, gehen aufeinander los, Satz für Satz und Wort für Wort. Wie viele Banalitäten er doch absondern kann, nur um sich zu verteidigen. Sich nachts an die Geliebte schmiegen lindere die Angst, Liebe sei besser als der Glaube an irgendeinen Gott, sie sei wie ein Gebet gegen die ständige Bedrohung durch den Tod, Kinder zu zeugen dämpfe die Angst, und ach, welch süße Freude einem der Nachwuchs doch schenke, wie wunderschön es sei, ihm beim Großwerden zuzusehen: Man merke, dass man das Glied in einer unendlichen Kette sei, zwischen denen stehe, die vorher da waren, und denen, die noch kommen, dass es die einzige Möglichkeit sei, unsterblich zu werden, bla, bla, bla …

Ich höre ihm zu. Die Moralpredigt ist scheinbar nett gemeint, doch ihr Inhalt zielt darauf ab, mir wehzutun. Er möchte, dass ich ihn um sein Glück mit den Blagen beneide. Dass ich es bereue, darauf verzichtet zu haben. Er möchte, dass ich darunter leide. »Du«, betont er, »hast selber keine Kinder und kannst das nicht verstehen, das ist auch der Grund, warum du dummes Zeug redest.« – »Stimmt genau, ich kann das nicht verstehen« – als ich jetzt antworte, verliere ich endgültig die Beherrschung –, »ich kann dein unüberlegtes Besamen nicht verstehen, all diese Stuten, die es wegen ihrer tickenden biologischen Uhr gar nicht erwarten können, sich mit Körperflüssigkeiten zu bekleckern. Biologische Uhr, was für ein bescheuerter Ausdruck! Ich habe sie noch nie ticken hören, die Zeit ist lautlos verstrichen, und das ist auch besser so. Ich denke gar nicht daran, vor Schmerzen schreiend Kinder zu werfen, mich unter Narkose aufschneiden zu lassen, um dann voller Selbstekel wieder aufzuwachen, deprimiert und angsterfüllt wegen dieser Püppchen, die man nie wieder loswird. Ach so, ja, du lebst für sie. Du hast sie gemacht – *copy and paste* – und musst sie jetzt behalten, egal was passiert. Du bekommst eine gute Stelle im Ausland angeboten, möchtest dich Tag und Nacht einer Sache widmen, die dir am Herzen liegt, oder hast Lust, Zeit allein mit einem Mann zu verbringen: Aber nein, die Kinder rufen dir wieder in Erinnerung, dass das nicht geht, dass sie dich brauchen, diese nervigen kleinen Giftzwerge mit ihren klammernden, um sich schlagenden Fäusten. Egal was du tust, um sie zufriedenzustellen, es ist nie genug. Sie wollen dich ganz für sich allein haben, lassen sich alles Mögliche einfallen, um deine Bedürfnisse zu torpedieren. Nicht nur dass dein Körper nicht dir gehört – was für ein Scheiß, dieser alte Slogan! –, er darf noch nicht einmal voll und ganz jemand anderem gehören, denn inzwischen gehörst du wirklich nur noch ihnen. Und deshalb«, schreie ich, »bedeutet Kinderkriegen nichts als Verzicht. Schau dich doch bloß einmal an, schau, wie du wirklich lebst. Bald bist du auf dem Weg zu Corinne in die Provence, um ihr die Kinder zurückzubringen, anschließend fährst du zu Carlas Tochter und dann zu Ginas Sohn. Was bist du nur für ein toller Vater, was bist du nur für ein toller Liebhaber! Aber bist du glücklich? Und sie? Sind sie glücklich, wenn du kommst und gleich wieder gehst? Ich kann mich noch ansatzweise daran erinnern, wie es war, als Papa uns an den Wochenenden besucht hat. An keine konkreten Ereignisse, aber mir ist ein unerträgliches Gefühl von Unglück geblieben, das sich, so viel weiß ich genau, nie mehr gelegt hat. Ich wollte meinen Vater für mich allein haben – wollte ihn Mama und dir wegnehmen –, aber er hat niemandem von uns gehört. Er war zwar da, aber auch wieder nicht, er hat auf mich, dich, auf Mama verzichtet. Zu Recht, wie ich bald begriffen habe. Weg, weg, nur weg! Unsere Mutter war für ihn das Gegenteil von Lebensfreude, genau wie du oder ich. Er hat sich nicht getäuscht, denn das waren wir, das genaue Gegenteil davon. Sein eigentlicher Fehler war der, uns nicht vollständig abzulehnen. Sein Fehler war der, nicht zu erkennen, dass man, wenn man andere schon mal zutiefst verletzt hat – so sehr, dass es sie umbringt oder für immer zeichnet –, nicht wieder kehrtmachen darf, sondern die volle

Verantwortung für dieses Verbrechen übernehmen muss, denn bei Verbrechen gibt es keine halben Sachen. Aber das hat er nicht geschafft, er ist schwach geworden und erneut in die Falle getappt. Er hat so lange Widerstand geleistet, solange er geglaubt hat, im Recht zu sein, auf Zustimmung zu stoßen. Doch sobald die ursprüngliche Ordnung wiederhergestellt war und die Zustimmung kleiner wurde, sobald das Prickeln nachließ, ist er eingeknickt, hat Gewissensbisse bekommen und aufgegeben. Er ist zurückgekehrt, um Mamas Sadismus über sich ergehen zu lassen. Und sie hat ihm zu verstehen gegeben: ›Schauen wir mal, was du vorhast, ich trau dir nicht und werde dir auch in Zukunft nicht trauen, werde dir niemals glauben, dass du meinet- oder der Kinder wegen zurückgekehrt bist. Und zwar deshalb nicht, weil ich mit jeder Faser meines Körpers, ja noch im hintersten Winkel meines Bewusstseins weiß, welchen Preis man für so eine endgültige Entscheidung zahlen muss. Deshalb werde ich dich jede Minute, jede Stunde auf die Probe stellen, deine Geduld und deine Beharrlichkeit auf die Probe stellen. Und zwar vor den Augen der Kinder, damit sie sehen und begreifen, was für ein Mann du bist. Sag Ja oder Nein: Willst du dich für uns aufopfern, so wie ich mich für euch aufgeopfert habe? Werden wir drei für dich wirklich immer an erster Stelle kommen?‹ Das hat rein gar nichts mit Liebe zu tun, Sandro, oder mit heiler Familie. Unsere Eltern haben uns kaputt gemacht. Sie haben sich in unseren Köpfen eingenistet, und egal was wir sagen oder tun: Wir werden ihnen auch weiterhin gehorchen.«

Blöd, wie ich bin, kann ich in diesem Moment nicht mehr und breche in Tränen aus. Ja, genau, ich weine, weine wie die letzte Idiotin, ohne zu wissen, warum. Ich bin wütend auf mich selbst, eben wegen dieser Schwäche: Mein Bruder weiß, wie er sie ausnutzen kann. Aber er tut es nicht. Mein Monolog scheint ihn verstört zu haben, er versucht, mich zu beruhigen. Da unterdrücke ich mein Schluchzen, trockne meine Tränen und schlage einen weinerlichen Tonfall an, jammere, dass mich niemand liebt, nicht mal Mama oder Papa. »Sie haben mich nie geliebt«, sage ich und schimpfe auf die Dankbarkeit, die Kindern ihren Eltern entgegenbringen sollen, weil die ihnen das Leben geschenkt haben. Dankbarkeit? Ich lache und rufe: »Es sind unsere Eltern, die uns eine Wiedergutmachung schulden! Wegen der Verwüstungen, die sie in unserem Kopf und in unseren Gefühlen angerichtet haben, meinst du nicht auch?« Ich putze mir die Nase. Während ich aufs Sofa klopfe, brumme ich, »Komm her, Labes«.

Der Kater überrascht mich: Mit einem Satz lässt er sich neben mir nieder.

7.

Ich bin müde, vom Weinen habe ich Kopfschmerzen, die mich genauso plagen wie Papa. Aber die Tränen haben auch etwas Gutes gehabt, ich spüre eine Annäherung zwischen Sandro und mir, und wenn ich weiter an ihr arbeite, wird er von ganz allein auf meinen Vorschlag zurückkommen. Ich streichle Labes und beschließe meinem Bruder ein Geheimnis anzuvertrauen, auf das ich vor einiger Zeit zufällig gestoßen bin, als ich für einen Auftrag im Lateinwörterbuch geblättert habe. Ich sage ihm, was dieser Name bedeutet, nämlich *Unheil, Ruin.* Er bleibt skeptisch, er kennt Papas offizielle Version, Labes, *La bestia.* Um ihn zu überzeugen, gehe ich, gefolgt von dem Kater, ins Arbeitszimmer und hole das Wörterbuch. Was für eine Hitze! Als ich zurück bin, setze ich mich auf den Boden, schlage das Wort auf, unterstreiche es mitsamt allen Bedeutungen und nicke Sandro auffordernd zu. Ich möchte, dass er auch etwas zu diesem armseligen Einfall sagt. Widerwillig tritt er neben mich. »Na ja«, murmelt er, »warum sollte er das getan haben?« Mehr sagt er nicht dazu, er wirkt zerstreut. Aber ich lasse nicht locker: »Was ist das bloß für ein Mensch, der sich solche Spielchen ausdenkt, nur um sich insgeheim daran zu ergötzen? Ist er perfide? Oder bloß unglücklich? Verstehst du, was das bedeutet, in dieser Wohnung ständig ein Wort hören zu wollen, ein Wort, das auf den Punkt bringt, wie du dich fühlst, ein Wort, das du dir ausgesucht hast und das deine Familie benutzt, ohne seine wahre Bedeutung zu kennen?« Er verzieht das Gesicht – keine Ahnung, ob das Zustimmung signalisieren soll oder nicht –, um dann endlich wieder auf das Thema Wohnungsverkauf zu sprechen zu kommen.

»Wo sollen sie denn hin mit ihrem ganzen Zeug?«, fragt er.

»Fünfundsiebzig Prozent können weg. Wir sind oft umgezogen, aber Mama hat nie was weggeworfen und auch mich gezwungen, jeden noch so dämlichen Gegenstand zu behalten. ›Wer weiß, wozu es noch gut ist‹, hat sie gesagt, ›und sei es nur als Erinnerung, wie es war, als ihr noch klein wart.‹ Als Erinnerung? Wer will sich bitte schön daran erinnern? Ich hasse mein Zimmer, bekomme Beklemmungen, wenn ich es bloß betrete, es enthält nichts als Plunder – so war es vom Tag meiner Geburt bis zu dem, als ich endlich von hier wegkonnte.«

»Mit meinem geht es mir nicht viel anders.«

»Siehst du! Und wenn das schon für unsere Zimmer gilt, kannst du dir ausmalen, was wäre, wenn man bei ihnen ausmisten würde. Nur mal ein Beispiel: Weißt du, dass Mama sämtliche Blöcke mit ihren Haushaltsabrechnungen aufbewahrt – über Brot, Nudeln, Eier, Obst –, und zwar seit dem ersten Tag ihrer Ehe, also von 1962 bis heute? Und Papa! Der hebt sämtlichen Kram auf, den er vor dreizehn Jahren zu Papier gebracht hat. Mal ganz abgesehen von den Zeitungen und Zeitschriften, in denen er veröffentlicht, von seinen Notizen zu den Büchern, die er einmal gelesen, von der Mitschrift sämtlicher Träume, die er jemals gehabt hat … Dabei ist er weiß Gott kein Dante Alighieri! Er hat irgendwelchen Mist fürs Fernsehen geschrieben, mehr nicht. Sollte sich tatsächlich jemand für seine Gedanken interessieren – was ich nicht glaube –, digitalisiert man das Ganze und damit basta.«

»Es ist ihre Art, Spuren zu hinterlassen.«

»Was denn für Spuren?«

»Von ihrem Leben.«

»Hinterlass ich Spuren oder vielleicht du? Diese Besessenheit, alles aufzubewahren, ist typisch Mama. Papa ist das doch egal.«

Er lächelt, und ich sehe eine Traurigkeit in seinem Blick, die mir diesmal nicht aufgesetzt erscheint.

»Meinst du?«

»Aber klar doch! Wenn wir sie von einem Verkauf überzeugen können, räumen wir in ihrem Leben gründlich auf und tun beiden einen Gefallen.«

»Das glaube ich nicht.«

»Warum denn nicht?«

»Jede Wohnung ist scheinbar aufgeräumt, aber in Wahrheit unaufgeräumt.«

»Das musst du mir erklären.«

»Ich erklär dir gar nichts, ich zeig es dir.«

Er steht auf und bedeutet mir, ihm zu folgen. Labes läuft uns nach. Wir betreten Papas Arbeitszimmer. Sandro zeigt aufs Bücherregal.

»Hast du jemals einen Blick in diesen Würfel da oben geworfen?«

8.

Ich tue so, als amüsierte ich mich, doch in Wahrheit war mein Weinen nicht befreiend für mich, ich spüre vielmehr einen Kummer, der mir die Luft abschnürt. Wenn mein Bruder abrupt die Maske fallen lässt und beschließt, mich ein wenig in sein Leid einzuweihen, heißt das, dass ich mir Sorgen machen muss. Ich sehe, wie er rasch die Leiter hinaufsteigt und mit diesem blauen, völlig verstaubten Würfel herunterkommt. Er wischt ihn mit dem Ärmel ab und reicht ihn mir.

»Kannst du dich noch an den erinnern?«

Nein, er hat nie meine Neugier geweckt, nichts in dieser Wohnung hat je meine Neugier geweckt. Ich verabscheue die tausend Geschmacklosigkeiten darin, ich verabscheue jedes Zimmer, jedes Fenster, jeden Balkon, sogar das Glitzern des Flusses und den zu tiefen Horizont. Doch Sandro sagt, dass dieser Würfel immer schon da war, wir hätten ihn bereits besessen, als wir noch in Neapel wohnten. »Schau nur die schöne Farbe«, murmelt er, »und wie glatt poliert er ist.« Für ihn ist das die schönste geometrische Form überhaupt. »Sobald unsere Eltern die Wohnung verlassen haben«, erzählt er mir, »hab ich überall rumgewühlt. Dabei hab ich auch mal in Papas Nachttisch Kondome entdeckt und in dem unserer Mutter eine Vaginalcreme.« – »Wie eklig«!«, platzt es aus mir heraus, doch dann schäme ich mich: Ich bin fünfundvierzig, war inzwischen mit einigen Männern und Frauen im Bett und finde Sex zwischen meinen Eltern immer noch ekelhaft? Ich lache nervös. Sandro schaut verunsichert auf meine Hände und sagt: »Gib her, du zitterst ja.« Ich staune über seinen aufrichtig liebevollen Ton. Er nimmt mir den Würfel wieder ab und steigt bereits auf die Leiter, um ihn zurückzustellen. Ich werde wütend und sage: »Jetzt sei kein Idiot, komm wieder runter. Was wolltest du mir zeigen?« Verblüfft hält er inne. »Er ist innen hohl«, sagt er schließlich, »wenn man auf diese Seite drückt, geht er auf.« Er drückt, und der Würfel öffnet sich tatsächlich. Er schüttelt ihn, und mehrere Polaroids fallen heraus.

Ich bücke mich, um sie aufzuheben. Sie zeigen eine Person, die wir beide sehr gut kennen. Und zwar genau so, mit diesem Strahlen im Gesicht. Es hat sich uns eines Morgens eingeprägt, als wir – Mama, er und ich – in einer wenig belebten Straße in Rom standen. Wir waren eigens aus Neapel angereist. Wir fühlten uns wie in einschüchterndes Grau gehüllt, während wir auf sie warteten. Mama erklärte uns: »Wir warten, bis sie mit Papa aus dem Haus kommt.« Und als unser Vater und diese junge Frau auf die Straße traten – wie schön sie zusammen aussahen, wie sehr sie strahlten! –, sagte Mama: »Seht ihr, wie glücklich Papa ist? Das ist Lidia, die Frau, für die er uns verlassen hat.«

Lidia. Bei diesem Namen versetzt es mir noch heute einen Stich. Sobald Mama ihn in den Mund nahm, wurde ihre Verzweiflung zu unserer, wurden wir drei zu einer Einheit. Aber bei dieser Gelegenheit betrachtete ich die junge Frau aufmerksam, und die Einheit, zu der ich gehörte, zerbrach. Wie schön sie ist!, dachte ich. Und wie schillernd! Wenn ich einmal groß bin, will ich genauso aussehen wie sie. Sofort bekam ich Schuldgefühle, spüre sie noch heute, mein Leben lang. Ich merkte, dass ich nicht länger sein wollte wie meine Mutter und sie auf diese Weise verriet. Hätte ich den Mut dazu gehabt, hätte ich liebend gern gerufen: Papa, Lidia, ich will mit euch spazieren gehen, ich will nicht bei Mama bleiben, sie macht mir Angst. Doch hier und heute habe ich großes Mitleid mit meiner Mutter und mir. Lidia ist nackt, und sie ist eine blendende Schönheit. Das sind wir beide nicht, sind es nie gewesen, das heimliche Vorhandensein dieser Fotos beweist es. Mein Vater hat sich nie von Lidia getrennt – wie sollte er! Er hat sie ein Leben lang in seinen Gedanken und in seiner Wohnung versteckt. Doch uns hat er verlassen, selbst wenn er zurückgekehrt ist. Und jetzt, wo ich viel älter bin als Lidia auf diesen Fotos, ja sogar älter als meine Mutter damals, als sie so unerträglich leiden musste, fühle ich mich durch ihren Anblick noch mehr erniedrigt.

»Seit wann weißt du von diesen Fotos?«, frage ich meinen Bruder, der wieder von der Leiter gestiegen ist.

»Seit ungefähr dreißig Jahren.«

»Und warum hast du sie unserer Mutter nie gezeigt?«

»Keine Ahnung.«

»Oder mir?«

Er zuckt mit den Schultern, was bedeutet, dass er noch

nicht einmal bemüht ist, mich von seinen guten Absichten zu überzeugen.

»Wie lieb du bist«, brumme ich. »Wie lieb ihr doch alle uns Frauen gegenüber seid. Ihr habt drei große Ziele im Leben: uns vögeln, uns beschützen und uns verletzen.«

9.

Sandro schüttelt den Kopf und murmelt etwas über meinen Gesundheitszustand. Ich sage ihm, dass es mir gut geht, sehr gut sogar: Ich sei froh, dass ich ihm das mit Labes' Namen erzählt und von ihm das mit dem blauen Würfel erfahren habe. Jetzt wüssten wir etwas genauer über unseren Vater Bescheid. Was für ein Mann! Nie wehrt er sich, sagt ständig Ja und lässt sich bis heute von Mama gängeln. Wie ich es gehasst habe, dass sie ihn herumkommandierte und er sich quälen ließ, ohne je zu rebellieren. Wie ich es gehasst habe, dass er nie etwas getan hat, um uns vor ihr in Schutz zu nehmen: »Papa, ich hätte gern dies und das.« – »Frag Mama.« – »Sie sagt Nein.« – »Dann bleibt es bei Nein.«

Ich mustere die Fotos und lasse sie nacheinander zu Boden fallen.

»Was weißt du noch alles, was ich nicht weiß?«, frage ich meinen Bruder.

Sandro hebt geduldig die Fotos auf.

»Über Papa weiß ich sonst nichts, aber es dürfte genügen, hier rumzuwühlen, um mehr zu erfahren.«

»Und über Mama?«

Er gibt widerstrebend zu, einen gewissen Verdacht zu

hegen: Er ist davon überzeugt, dass unsere Mutter Affären hatte. »Beweis es mir«, sage ich, »statt es einfach nur zu behaupten!« Darauf er: »Dafür muss man es erst mal beweisen wollen!« Und gesteht, dass er jahrelang geglaubt hat, sie hätte was mit Nadar. Nadar? Lachend rufe ich: »Ich will mir das gar nicht erst ausmalen: Mama und diese Vogelscheuche Nadar, was für ein lächerlicher Name allein schon!« Aber Sandro lässt nicht locker: »Es dürfte 1985 passiert sein, als du sechzehn warst und ich zwanzig.« – »Und Mama?«, frage ich. Ich war schon immer schlecht im Kopfrechnen. »Siebenundvierzig«, sagt er, »zwei Jahre jünger als ich heute und zwei älter als du.« – »Und Nadar?« – »Puh, zweiundsechzig?« – »Meine Güte!«, rufe ich, »siebenundvierzig und zweiundsechzig«. Dann lache ich erneut und schüttle ungläubig den Kopf: »Wie ekelhaft, das glaub ich nicht!«

Aber mein Bruder glaubt es, und ich merke schnell, dass er es schon immer geglaubt hat. Er schaut sich um und sagt: »Früher oder später kommt immer irgendwas zum Vorschein, wenn es nicht Nadar war, dann eben ein anderer. Wir brauchen bloß in den Blumenvasen nachzuschauen, zwischen Buchseiten oder in den Computern.« Er zählt alle möglichen Gegenstände auf, und zum ersten Mal betrachte ich sie mit Neugier. Ich spüre meinen Vater und meine Mutter, spüre sie in den verlassen daliegenden Zimmern, gemeinsam und doch getrennt. »Sie haben sich voreinander versteckt«, murmelt Sandro, »aber nicht, ohne sich zu drohen, den anderen jederzeit zu enttarnen.« In diesem Moment bekommt er grundlos feuchte Augen. Er gehört zu den Männern, die stolz darauf sind, dass sie weinen können: Er liest einen Roman, ich frage ihn, wie er ihn findet, und er sagt: »Ich habe geweint.« Er sieht einen Film und es passiert dasselbe. Jetzt bricht er in Tränen aus und weint noch mehr als ich vorhin, immer muss er es übertreiben. Ich umarme ihn, um ihn zu beruhigen, und drücke ihn kurz an mich, während Labes verwirrt miaut. Vielleicht bin ich ungerecht gewesen, was Sandro anbelangt. Er ist der Ältere von uns beiden, er hat mehr Erinnerungen. Die Probleme unserer Eltern hat er zuerst abgekriegt und dann erst ich – vielleicht tatsächlich in abgeschwächter Form, weil er mich unbedingt beschützen wollte. »Komm schon«, sage ich, »es reicht! Amüsieren wir uns ein wenig, schaffen wir Klarheit.«

10.

Es waren unbeschwerte Stunden, vielleicht sogar die unbeschwertesten überhaupt in dieser Wohnung. Wir haben überall herumgewühlt, in einem Zimmer nach dem andern. Erst haben wir uns noch darauf beschränkt, die Ordnung unserer Eltern etwas durcheinanderzubringen, während uns der Kater fröhlich auf den Fersen blieb. Dann haben wir uns dazu hinreißen lassen, alles auseinanderzunehmen. Es wurde immer heißer, ich geriet ins Schwitzen und wurde bald müde. »Es reicht«, sagte ich zu Sandro, aber er fuhr fort, immer verbissener. Da habe ich einen Stuhl auf den Wohnzimmerbalkon getragen und freudig festgestellt, dass sich der Kater neben mich setzt. Ich hab ihn auf den Arm genommen und ein bisschen mit ihm geredet. In meinem Kopf herrschte nichts als eine riesige Leere, sogar meine fixe Idee, unsere Eltern zum Verkauf der Wohnung zu bewegen, hatte sich in Luft aufgelöst. Wie absurd von mir! Sandro tauchte auf, er hatte sein Hemd ausgezogen. Ganz der Papa!, dachte ich.

Er sah mich lachend an: »Und?«

»Mir reicht's.«

»Gehen wir?«

»Ja. Labes will mit zu mir.«

Er runzelte die Stirn.

»Das nicht, das ist zu viel.«

»O doch, ich nehm ihn mit.«

»Lass Mama einen Zettel da.«

»Nein.«

»Dann ruf sie wenigstens an, sobald sie zurück sind.«

»Nichts da!«

»Sie wird leiden.«

»Aber nicht der Kater. Siehst du nicht, wie gut es ihm geht?«

Originaltitel: *Lacci*
Originalverlag: Giulio Einaudi editore s.p.a., Turin, Italien

MIX
Papier aus verantwortungsvollen Quellen
FSC® C014889

Verlagsgruppe Random House FSC® N001967

1. Auflage

Umschlag: Designbüro Lübbeke Naumann Thoben, Köln
Umschlagmotive: © plainpicture: neuebildanstalt/Jaeckel; gio
Gestaltung und Satz: DVA/Andrea Mogwitz
Druck und Bindung: Friedrich Pustet, Regensburg
Printed in Germany
ISBN 978-3-421-04807-3

www.dva.de

Dieses Buch ist auch als E-Book erhältlich.

Ein aufwühlender Familienroman
von Booker-Preisträgerin Anne Enright –
unvergesslich.

Ein letztes Mal lädt Rosaleen ihre Familie zu einem Weihnachtsfest in Ardeevin ein. Sie möchte das Haus an der karstigen Westküste Irlands, in dem ihre vier Kinder groß geworden sind und das voller Erinnerungen an Glücksmomente und Verletzungen steckt, verkaufen. Die Geschwister reisen mit diffuser Hoffnung auf Versöhnung an – und doch endet auch dieses Weihnachten, wie noch jedes geendet hat.

»Herzzerreißend. Anne Enright ist eine Meisterin.«
The Sunday Times

»*Rosaleens Fest* ist ein Fest für Leser.« *WDR 5*